U0932129

告白在遇見你之後

莎比亞

目錄

溫馨提示：

本書可獨立閱讀，亦是《告白在妳自殺前》的下集。

/ 第一章 /

At The End Of The Day

1

如果不是他的出現，我已經跳了下去。

「同學，冷靜點，千萬別做傻事！」

每次我坐在天台邊緣，那些被稱為「老師」的大人，都會在我身後說這句話。

他們著緊的並不是我的性命，而是怕我跳下去後會為他們、為學校帶來麻煩。

而他，並沒有說出這句討厭的話，反而帶著跟我同樣沉鬱的氣息，一步步向我走近。

明明他都是老師，但在整間學校裡，我唯一不抗拒的人就只有他。

他無懼刺眼的陽光，像早知道我會被他吸引一樣，越過了欄杆，坐在我身旁。

「沒有人夠膽在這種情況下靠近我。」我摘下了一邊耳機，主動問他：「你不怕我跳下去嗎？」

「我知道想死的人有甚麼感受。」他以失去靈魂的眼神望著我說：「既然連死都不再恐懼，有人接近又有甚麼值得害怕？」

他瞇起雙眼，以一抹微笑穿透我的內心，再補充：「而且妳沒有叫我停住。」

晴朗的藍天充滿生命氣息，兩個絕望的人卻在白雲下討論自殺。嚴格來說，在我眼中他並不是我的老師，只因為學校的其中一位老師請了產假，所以聘請他來代課三個月。

當他踏進班房的一刻，所有男女同學都當場愣住，因為學校從來沒出現過一個無論外貌、身材、氣質都猶如雕塑般完美的男老師。

他戴上我其中一邊的耳機，聽著我尋死時的配樂。

「這些都是我年代的歌，妳怎麼會懂得聽？」他一邊問，身體一邊隨著節奏擺動，陶醉得像忘了正身處天台邊緣。

以往在我身上發生過的一切，令我不得不比同年的人早熟。

上課的鐘聲響起，他摘下了耳機，站了起來，返回了欄杆的另一面，然後向我伸出了右手。

「跟我回去吧。」

我無法抗拒那張比天使更親和的臉，不知道是出於自然反應，還是找到了生存的意義，我握著他的手，讓他牽了回去。

他在當時拯救了我，我倆度過了一段又苦又甜的時光，亦使現在的我，再次踏上天台，始終要為著這段禁忌的師生戀，付出心碎的代價。

多年後的今天，我選擇在晚上尋死，當然不是怕他又會再度出現，我只是想寧靜地望著夜空，聽完歌單上的每一首歌。

之後，我便會消失於黑夜，告別過去同時失去將來。

人生的最後一分鐘，我再次細看這個世界，竟望到右手邊的那棟舊唐樓，有個男生亦站在天台上。

我立即背向了他，盡量避免引起他的注意，可是他還是望到了我，並著急地轉身跑去。

我知道，他想來阻止我自殺。

我不想再讓任何人誤闖我的人生，也沒有多餘的氣力跟陌生人糾纏，所以只好暫避到下一層的暗角處。

他並沒有發現到我，奮不顧身的喘著氣，推開天台的大門，著緊得像要找回人生中最重要的人，對他來說，我這位陌生人的生命，有那麼重要嗎？

望著他的背影，勾起了我第一次在課室見到老師的情境……

／2／

「崔承優」

讓所有人屏住呼吸的他，緩緩地在黑板上寫上自己的名字。

「想怎樣稱呼我，隨你們喜歡。」他跟同學們自我介紹著：「反正我只會在這裡待三個月，我也不一定記到你們的名字。」

白皙的皮膚讓他的說話更加冰冷。

還有數個月就要應考關乎人生的公開試，每位同學都立志考進大學，對於突然要換老師一事都感到很擔憂，以前也從沒面對過，但老師要生小朋友的事，我們都無法控制，只能迫於接受。

可是，崔承優的出現，讓人莫名的暫忘了那份不安。

「所以，我現在該做甚麼？」在第一節的班主任課，他問。

「崔老師你要先點名。」班上最愛搶風頭的女生主動回答：「但老師你似乎忘了取點名冊，我幫你去拿回來好嗎？」

女同學站了起來，準備離座。

「等等。」他板著臉答，視線離開了那位女同學，掃視課室裡所有人，然後目光停留在坐於角落的我。

「同學，你去。」他吩咐著我，至於為甚麼要在三十二人裡選了我，後來我才知道原因。

我從校務處取得點名冊再交到他手上時，我倆近距離互望著，他的眼神閃過半秒驚訝。而當我坐下來時，他看一看座位表，再看了我一眼，似乎把我的名字記住了。

班主任課結束，部分同學要離開課室，我也是其中一個，因為接下來是選修課，亦是他來這間學校任教的最重要科目——心理學。

其實同學們都會盡量避卻這一科，因為對高中生來說，心理學的內容過於艱深又難以取得好成績，而且也不是每間學校都會提供心理學課程。所以這麼多年來，全校都只有一位心理學老師，要找代課亦不容易。

以湊夠分數來換取大學入場券的角度來說，修讀心理學可謂相當不智，尤其對成績本來就不太好的我來說，簡直是自毀的選擇。

可是，比起成績，我更想在中學的最後學期有個深入了解自己的機會，為甚麼過去的我會造成現在這麼糟糕的我？真的是因為原生家庭嗎？還是我的命運本來就只有不幸。

「你們的進度應該到了心理病理學，今天就來談談焦慮症……」他看了課本幾眼後便合上，在課室一邊踱步一邊授課。

上課的地點是一間音樂室，由三十二人變成十二人的小班教學，我與他的距離又接近了，而且我在心理學的課堂中，一向都是選坐最前排的。

當崔承優在我面前聊著佛洛伊德，我彷彿覺得他只是在跟我對話著。比起中學老師，他更像一位年輕的教授，而我幻想自己已是大學生。

上完第一課，想不到他並不是虛有其表，講解具條理又清晰，讓我一個呵欠都沒打過，但說到底，或許人都傾向專注於美麗的事物上，例如他那微微紅潤、上薄下厚的嘴唇。

回到課室裡，同學們都紛紛議論著這位男老師的身世。

「聽說他來這間學校授課有神秘原因……」

「可能他是校長包養的情人！」

「他好像已經有個女兒？」

回想起這些亂傳的傻話，他的背景的確不簡單，而我是唯一知道的人，還有那些屬於我倆的秘密……

3

學校的天台，不是當我想自殺時才會去的地方。

每到午膳時間，我都會躲在天台咬著麵包，聽著歌溫書。這個危險地帶是不容許學生前往的，只是我在初中某天，趁著校工最忙亂的時候，悄悄地在雜物房拿走了打開天台大門的鎖匙，至今仍未被發現，因此便成為了我在校園裡獨處放鬆的小天地。

在這個只有天空和白雲的地方，沒有人會看到我，因此我常常戴著耳機，陶醉地哼歌，當我閉目唱完最後一句，睜開眼時崔承優竟站在我面前，嚇得我連麵包都掉到地上。

「你……怎麼會在這裡？」我戰戰競競地問。

他彎身撿起地上的麵包，吹了幾口氣：「不是應該我問你嗎？」

他把手上的飯團放到我的手裡，便咬著我的麵包走到天台的另一角，跟我保持距離，低著頭看書。

「他似乎不會揭發我……」我吃著他的吞拿魚醬飯團，心想著，鬆了一口氣，可是又為著被他看到我唱歌的樣子而感到羞愧，他到底是在我唱到哪句時上來的？希望不是嘴巴張得最開的那一句……

我們默許了對方存在於自己的世界。

除了課室外，天台成為了我們碰面的地點，不過他每次來到都是看書或拿著筆批改些甚麼，並不會跟我交談，直至我忍不住好奇心，走過去問他：「為甚麼在第一次上課時，你指名要我去取點名冊？」

「因為我討厭太熱情的人。」他口中所指的是那位想主動幫忙的女同學。

在這個以貌取人的世界，我想不論他在哪裡都一定受歡迎。換個角度來看他的答案，即是他喜歡冷漠的人。

「這算是反社會人格嗎？」我望著他手上的黑色筆記簿問。

「看來妳沒有留心上課。」他留意到我的眼神，把筆記簿藏在其他書下。

趁著他剛說完這一句，為免他打算終結對話，我便立即追問：「你為甚麼會來這裡代課？你本來是做甚麼工作的？」

「這些問題並不關於學習。」他答：「妳沒必要知道。」

他繼續低頭看書。

「算吧。」我也不想當個糾纏的女生。

可是，正當我轉身離開時，他卻說：「除非妳告訴我，妳的麵包在哪裡買，那我就答妳一條問題。」

「只答一條嗎？」我試探著。

「對。」他答。

「這條不算喔……」我。

「當然……我像那麼無賴嗎？」崔承優。

「那我先問，你的答案讓我滿意我才告訴你。」我把主導權搶回來：「請你詳述為甚麼會放棄了本來的工作而來這間學校代課？」

「這是兩條問題。」他抗議著。

「我把問題一口氣說完，而且整句只有一個『為甚麼』。」我反駁：「難道你會在試卷上當成兩條問題嗎？」

我才是無賴。

「因為一個人。」

他的臉色凝重得我不敢再問下去。

「我買給你。」我打破僵局。

「甚麼？」他的眼神回到我的臉上，像是被我從記憶中拉回來。

「我每天幫你買麵包，然後你每次都要回答我一個問題，這樣好嗎？」我嘗試提出。

他沒有說好，也沒有答不，我當作他答應了。往後在我的情感世界裡，並不需要在愛情與麵包之間作出抉擇，而是每天吃著一個讓我感受到愛情的麵包。

當他準備離開天台時，不小心把黑色筆記簿掉到地上，剛好翻開到其中一頁，我瞄了一眼後，他便拾起來。

我一直以為他每天都趁著午飯時間備課，在筆記簿上寫滿了課堂的內容，但原來他在簿上畫了幅人像畫，旁邊寫著一堆字。

我不知道畫中那個女生的名字，不過她那張臉我倒是很熟悉，只是換了個髮型而已……

4

「這是崔老師的女朋友嗎？」

「嘩，妳怎麼發現的？」

「在他的社交平台呀！」

「我要加他女友，用戶名稱是甚麼？」

「好像被發現了……他已經刪除了帳號。」

班上的女生在群組內傳著一張照片。雖然我一向孤僻，但不是令人討厭，未至於被排斥的程度。她們在聊八卦時，還會預我一份呢。

我打開照片後，看到他擁著一個漂亮又高挑的女生，無論在年紀及外表方面，她跟他都非常合襯，像模特兒般，被比下去的我看得心生妒忌。

於是我花了一個麵包的機會，換來了她是誰的答案。

「拍廣告硬照的同事。」他斬釘截鐵地答，隨即取走我手上的麵包。

「果然是模特兒。」我不自覺地說。

接下來的幾天，我對崔承優加深了認識，他除了做過模特兒外，還以全優的佳績考進大學，別人以為他會選讀法律、醫學、測量或環球經濟等熱門科目，怎料他卻選了心理學，現在是一名研究生。

關老師，即本來在任教我們但要放產假的老師，是崔承優的大學師姐，崔承優因著多年的交情而答應代課。

我記起之前問他代課的原因，他曾一臉憂鬱地望著天答，因為一個人。

「有必要那麼神秘嗎？」我說：「為了騙我的麵包吧。」

關老師是個外表普通，生活平淡，性格沉悶的人。每天放學時，她那位一點都不帥氣的老公會來接送她。所以，我不會聯想到崔承優是她的情人。

「難道你暗戀過關老師？」我又等了一天才可解鎖這個疑問。

「不。」

「幸好你的品味未至於那麼差，但為甚麼……」當我想再續問時，他瞪了我一眼，像提醒玩家已花光代幣的遊戲提示：「下次免費移動寶石的機會要在二十三小時又五十九分鐘後」。

我低聲暗道：「我可是有課金啊。」

另外還有一條問題，是我無論花多少個麵包都無法解鎖——我提出想看看黑色筆記簿的內容。

「不可能。」對他來說，筆記簿猶如聖經般寶貴。

我被他多次拒答後顯得悶悶不樂，翌日乾脆連麵包都沒有買，也不主動發問，即使他站在面前，我都無視他的存在，戴上耳機聽歌。

回復了各不打擾的狀態，他沒看我一眼，我也懶得理他。當肚子一直發出咕嚕聲時，我才發覺自己笨了，一時意氣不幫他買麵包都算了，怎麼連自己的份都忘了買？肚子很餓，但我才不願當先離去的一個，誰走掉就代表誰心胸狹窄。

他站了起來，頭也不回的離開了天台。

這算是冷戰嗎？我反而覺得後悔，就算不問筆記簿的事，還有很多其他問題可以問呀，我責怪自己的不成熟，想起了曾跟他共事的模特兒、想起班中身材豐滿又漂亮的女同學、想起筆記簿上那個短頭髮的女生……

我果然是世上最不善解人意又不夠溫柔體貼，同時不夠活潑可愛的普通女生。

當我懊惱自己的人生可能比關老師更悲慘時，天台的門再次被打開，崔承優站在我面前，遞了一個在學校小食店買的紫菜飯團給我。

「吃吧。妳等一下還要上課，別餓壞。」他把飯團放到我的手裡。

「那你呢？」我裝作仍生氣卻關心著他。

「我也有一個。」他跟我展示左手裡的飯團。

他想轉身回到另一邊的角落，但我叫住了他，示意他坐在我的旁邊一起吃。

他見我仍沉默不語，主動關心著我：「妳為甚麼常常躲在天台？不跟其他同學在一起？難道……妳被排斥了嗎？」

「你問了三條問題，就算以飯團抵銷一條，你還欠我兩……」我想了想再說：「我不需要食物，我要兩個願望。」

「除了看筆記簿外，甚麼都可以。」他再補充：「當然也不可以是奇怪的要求，大前提是我能夠以老師的身分為妳實現。」

「你真長氣……」我當然明白崔承優的意思，我們之間仍未踰矩，保持著師生的界線。

我開始跟他傾吐自己的秘密。

5

很多年前放學回到家時，看到大門前滿地垃圾。

起初以為是鄰居的惡作劇，但媽媽叫我趕緊入屋，過了不久便不停有人拍門及大叫還錢，持續了一個星期有多。我們每天都提心吊膽，門鈴一響就要立即裝作沒有人在家，我也不敢上學。

我與我媽兩人共住在這單位，錢債是我爸所欠下的，但他早已結識了情婦，並移居內地，只是利用我們的地址借錢。

我媽是個典型的傳統女人，以為嫁了人便可以安心當個家庭主婦，我爸的離開令她患上嚴重抑鬱症，每天都要服下一大堆藥。三十多歲便失去了工作能力，一直靠領取綜緩撐到我升上中學，可以做兼職幫補家計。

「大概是這樣吧，應該足夠解答你的問題，太詳細的我已不想再回想起。」我跟崔承優說：「但你不要安慰我，我最怕被人同情。」

關於家裡的事，我對所有人都保密，不想跟人接觸就是為免解釋太多，但唯獨當他問起時，我很自然地便樂意分享心事，反而很想讓他知道我的事情。可能，我的心底裡始終想被人了解，只是那個人以往從未出現，而這一刻就在我身旁。

他為甚麼要長著一張只要存在就會令人有安全感的臉？

「放心，我不會跟別人說的。」他望著我答。

我在他的眼裡看到了同情，但我不覺得反感，每當他沉默起來，隱約流露出一份唏噓，我知道他亦有自己的故事，希望有朝一日我能成為讓他安心分享的人。

「那你為甚麼不跟其他老師外出午膳？」我反問：「這只是一條隨意的問題，不能扣走我的願望或抵銷麵包，你不想答也可以！」

他點點頭：「我不想跟這裡的人建立太多感情。」

「我呢？我不算人嗎？」我著緊地衝口而出。

「妳？我的世界幾乎已經定型了，但妳只是剛剛開始，轉眼當妳遇見更多人後就會忘記我啦，哈哈。」

我討厭他這個自以為是的笑容。

本來我想回答不會忘記他，但實在不符合我那時倔強冷漠的形象，也不想令他覺得我太黏人，所以只丟下一句：「隨你怎樣想吧。」

結果，時間證明我們也無法忘記對方。

那次敞開心扉的聊天，後續還有一段嚇得要命的情節，正當我們準備離開時，竟聽到有人正踏上天台，我們趕緊躲到角落，那人推開了門，大叫著：「誰偷上天台？」

我從如雷的聲線認出是校工嬸嬸，她正一步一步查看天台的各處。

蹲在崔承優身後的我，心跳得很快，害怕我們之間的事會被發現，擔心以後都無法再踏足這片舒適圈，我緊張得拉著他的恤衫衫尾。

「妳不要出來。」他回頭跟我說，便獨自站起來，跟校工嬸嬸打招呼。

我聽不到他們在講甚麼，但校工嬸嬸很快便離去了。

「沒事了。」他回來告訴我：「她說我以後都可以隨便上來。」

「你跟她說了甚麼？」我嘗試站起來，可是雙腿發麻，站到一半時平衡不到，他及時拉著了我。

「那是成年人之間的秘密。」他又展現出那個自以為是的討厭笑容。

我望著他手上的黑色筆記簿，既然在他眼裡我是那麼幼稚，我就用最幼稚的方法查看簿上到底畫了些甚麼。

/ 6 /

崔承優除了要替我們上心理學課，還要到其他班級頂替當日請病假的老師。

所以，總有些時間，他在教員室的座位是空置的。

等待了好幾天，我終於找到機會行動，在一節由年老男老師任教的中文課上，我說月經來了，想去洗手間，那位保守的男老師一臉忌諱地示意我快點去，生怕經血會流到課室的地板上一樣。

月經是真的，但我並不是去洗手間，而是裝作幫老師拿東西，潛進教員室裡。

教員室內只有幾位老師，根本沒人留意到我的存在，尤其是崔承優的座位就在門口附近。

那本黑色筆記簿正放在桌面上，如果當中滿載了他的秘密，會那麼隨意的展示於當眼位置嗎？

當我想走近翻開其中一頁時，腦海竟浮現出他善良的笑容，如果我透過這種方式了解他，日後碰面時我會否出於愧疚而無法自然地相處？或許他發現有人動過他的東西，便從此跟學校裡的所有人都保持距離？

突如其來的內心掙扎與緊張，令我的身體真的痛起來，我痛得掩著肚子，冷汗直冒……

秘密就在眼前，我卻選擇了轉身離開，此時亦響起了下課鐘聲。

我以緩慢的步伐一級一級的下樓梯，雙腿乏力得隨時倒下，再走了幾步，突然暈眩了一下，眼前一黑，幾乎跪在地上，慶幸有雙手握住了我。

「妳怎麼了？沒事嘛!?」是崔承優的聲音。

我回過神來望著他，他立即跟一位剛巧經過的女老師交待我的情況。那位女老師一向對學生漠不關心，但經他一問後，她卻熱情又殷勤地扶著我到保健室休息。

我坐在床上，她回復了一臉不耐煩的樣子：「痛得太誇張了吧？是不是又想裝病不去上課？」

我閉上了眼不想理會她，她嘆了口氣再說：「妳過幾分鐘沒事就立即回班房。」

她說罷便離去，但我痛得動不了，暫時甚麼都做不到，只好躺在床上休息。

當我好了一點後，便打算回班房，經過音樂室時卻聽到一陣幽怨的鋼琴聲。

我好奇地走近，從半掩的門望進去，只見崔承優坐在鋼琴前獨奏。我站在門邊，聽著那些不知名的旋律，高低音起起伏伏，猶如他臉上的哀愁。

我不自覺地踏進了音樂室，靠著櫃子的遮擋，讓我能從側面偷看。

他的雙手溫柔輕快地按著琴鍵，視線直望眼前的……黑色筆記簿。筆記簿裡連琴譜都有嗎？

琴聲停下，動聽得我差點鼓起掌來。

「妳沒事怎麼不回去班房？」他的視線由琴譜轉到我的方向。

原來他早已察覺到我的存在，我嚇得整個人撞向旁邊的音樂櫃，櫃內的樂器散落一地。

我彎身把三角鈴、搖鼓、指揮捧撿起來時，他卻突然衝向了我，當他用手為我擋走那些文件夾時，我才知道我剛剛的一撞，除了櫃內的樂器外，就連櫃子上本來就搖搖欲墜的雜物都一併撞跌了，差點就掉到我的頭上。

雖然文件夾看似沒危險性，但又硬又厚的物料從高處掉落似乎弄傷了他的手，但他沒理會過自己的傷勢，只是著緊地問我有沒有受傷。

我搖搖頭，他知道我沒事後，便別過臉去，嚴肅又冷漠地說：「請妳快點回去上課。」

我望著他的背影，欲言又止的把關心及道歉的話都吞回去，感到委屈地離開了音樂室。

那一天他沒有在午飯時間上來天台，這件事在他心裡似乎很嚴重，我卻沒機會了解或聽他解釋。

我獨個兒吃著麵包，回想起上次從筆記簿上所瞥見的人像畫。他喜歡短髮的女生嗎？我在放學後去了髮型屋一趟，毫不猶豫的叫髮型師幫我把頭髮剪短。

我望著鏡中的自己，期待這個清爽的新造型會令他更留意我。

甚至取代那位女生。

7

每天放學後，其他同學都會上補習班或回家埋首溫習，但我卻要去為小學生補習。

通常私人補習的兼職都由大學生壟斷，所以我只能收取低價來換取獲聘的機會，例如那些把小孩生下後卻疏忽照顧的單親父母，他們願意付幾十元把孩子交由我暫托。

雖然我在那些半被遺棄的小孩身上看到自己的影子，但我不會太同情他們，只會在心裡祈求他們早點成長，習慣自己不是幸福的一群。

結束兩個多小時的暫托服務後，我還要爭取時間到快餐店兼職到晚上十二時左右，除了要維持生計外，還因為不想太早回家，我媽一見到我就只會抱怨為甚麼自己會被拋棄。她被一個人影響了一生，我不想自己也受她影響，將悲劇延續下去。

當時的我，並未體會到被自己喜歡的人離棄自己時，原來真的是人生最沉重的打擊，等於宣判了你的死亡。

我不是電影或電視劇集裡的天才少女，將時間及精神分配到工作，自然就兼顧不到成績，但我一直都期望自己能入讀大學。

「各位同學，早……」

果然如我所料，崔承優一踏進課室，如常地望向坐在角落的我，當他發現我剪了一頭短髮時，呆愣了數秒。

我徹底改變了造型，當然會引起別人注目，但就如同學或其他老師，都只會好奇地說我剪了頭髮，但他的眼神卻是悲喜交雜，仿似穿過了時光隧道，看見舊情人站在面前，勾起了埋藏在心底的回憶。

他在整堂課裡都不敢再看我一眼，迴避著我的目光。

直到午飯時間，他比我更早到達天台，一見到我就問：「妳為甚麼要把頭髮剪短？」

他的語氣極為不友善，像審問犯人似的，我反感地說：「就算令你討厭，我也無法把頭髮駁回去。」

他彷彿感到自己過於激動，於是換回了平淡的口吻，再問：「妳看到筆記簿上的內容嗎？」

「我只看到了一眼。」為免他誤會，我如實回答。

他鬆了一口氣，跟我說了聲抱歉，聽到年紀比我大的人跟我道歉，我竟覺得不自在，反問著他：「好看嗎？」

他又深吸一口氣，像把往事再次埋於心底，微笑輕輕說句：「嗯，好看。」

聽到他的稱讚時，我高興得自轉了一圈，其實我根本不在乎筆記簿上那個女生是誰，我只關心在他心裡，我到底是誰。

「你的手康復了？」我想起了上次在音樂室的事：「你會彈琴嗎？」

「嗯。」他一次過回答了兩條問題。

我以為這只是隨意的問候，他卻在本來愉快輕鬆的氣氛下，吐出了一句沉重的話：「在我的人生裡，只會遇到不幸的事。」

是甚麼情景觸動了他？是彈琴、是右手的傷，還是我的短髮喚起了他的情緒？

我想知道他所遭遇過的不幸，但即使他一臉可憐的出現在我面前，他對我來說始終是一面高牆，以我的人生閱歷根本無法闖進他的世界。

距離可以擁著他說句「你的感受，我也懂」的階段仍很遙遠。

「我也面對很多難題。」我答：「雖然全部都是微不足道……」

「怎會呢！沒有問題是微不足道。」他望著我再說：「因為放學後打工太忙？」

「你為甚麼會知道？」我好奇又驚訝。

「在教員室有其他老師提起過，我聽回來的。」他答，我想起他的座位就在人來人往的門口，聽到老師間的八卦也不出奇，我也慣於成為別人茶餘飯後的話題。

「他們還有說甚麼嗎？」我續問。

「主要是擔心妳的成績吧。」他選了一個較善良的答法：「妳真的能夠撐下去嗎？」

那些比你走得前的人，不一定願意回身關心你的步伐，他卻主動回過頭來，踏足我的孤獨星球，在荒土上栽種第一朵花。

「放學後，我再幫妳補習。」他認真提出：「直至我留在這裡的最後一天。」

「你不怕被人知道嗎？」我向他走前了幾步，踮起了腳尖，把臉湊向他問。

／8／

為了讓他有時間在放學後幫我補課，我辭去了暫托的兼職。

幾天後，我坐在他特別安排的課室裡，期待他的到來。

門被推開，除了崔承優外，還有班上幾位同學，有男亦有女。

「你們隨便找個位置坐吧。」他跟其他人說，然後再望著我，像是回答我在天台時的提問。

其他同學當然踴躍積極，難得有全優的大學研究生替他們免費補課，就只有我悶悶不樂，但很快地我也投入課堂，別浪費了他的一番好意。我告訴自己，其他人只是為了讓他避免跟我獨處而找回來湊人數的，我才是他真正關心的唯一。

下課後，我跟他反而有了獨處的機會。

他問大家會不會肚子餓，他可以請大家吃點東西，當是鼓勵大家努力溫習，可是除了我以外，其他人不是要上其他補習班便是趕回家吃飯，各有原因地拒絕了崔承優的好意。

「你等等，我先打個電話。」我致電了快餐店經理說要請病假，掛線後再跟崔承優說：「你要請我吃甚麼？」

他猶豫了一會：「快餐店可以嗎？只有我們兩個的話，簡單隨意一點比較好。」

「你果然怕被人發現。」我笑說，但亦理解。

能夠跟他在校園以外的地方相處，已有少許跨越了界線，拉近了距離的感覺。所以無論吃甚麼都不重要，只是要去稍遠的快餐店，以免選中了我做兼職的那一間。

在前往快餐店的路上，他跟我站開了一點，也不跟我聊天，只是一直走著。

我買完食物回來後，他仍交叉著雙手，沒有動身的意圖，我開口問他：「你不吃嗎？」

「我晚上不吃東西的。」他簡短地答。

「因為減肥嗎？」我想起他做過兼職模特兒。

「一個人吃不吃也沒所謂。」他不帶笑容地答。

沉默了片刻，我把食物分成兩份，把其中一半放到他面前：「你也吃吧。」

「妳又減肥嗎？」他反問。

我學著他冷漠的語調：「我不習慣有人看著我吃東西。」

他拿了一份餐具，我們默不作聲地把食物吃完。

「你回家後通常會做甚麼？」我一向很少問及別人家裡的境況，以免被人反問而支吾，但我很想了解他平日的生活。

「沒甚麼特別，看書、看電視便睡覺。」他答。

「不跟朋友外出嗎？家人呢？」以他的外表，理應在群體中最受歡迎。我幻想他會在晚上跟別人到酒吧消遣娛樂。

「還會跑步。」他避而不答。

雖然這一晚我問不到甚麼，但他每次都會在補課後請我吃晚飯，我終於知道了他曾跟父母同住，地點聽上去似乎家境富裕，卻選擇自己搬出去住。

「這也是我的目標。」我說。

飯後，他總會陪我走到車站。

「妳等一下又要去做兼職嗎？」他停下腳步問：「如果妳覺得太累……可以告訴我們的。」

我亦停下了腳步，深吸一口氣，勉強掛上一抹微笑：「還可以的。」

翌日我回到學校就被召到校長室，差點以為我跟崔承優吃飯的事被發現了，但校長卻跟我說：「其實我們會為有特殊需要的學生提供緊急援助。」

我一直都知道的，以前嘗試過申請但被拒絕。

我默默點頭，繼續聽校長說下去：「有老師跟我說明了你的狀況，學校願意為妳提供一筆資金，應該足夠妳應付這幾個月的生活開支，但妳要跟我們保證會辭去兼職，好好溫習及休息。」

想起每次吃晚飯時崔承優關心著我的畫面，那位老師就是他吧，但為甚麼他一開口，校長就會答應呢？

「謝謝校長，我會用心溫習的。」

在離開校長室回班房期間，我遇上正趕著去上課的崔承優，他臉上一副一清二楚的表情，我問了一句為甚麼……話未說完他便答：「我只想有一些好事能發生在妳身上。」

本來我只是覺得他的樣子好看，沉鬱的氣質讓人好奇，但他這刻的身影，讓我感到多了一份安穩及暖心。

我以輕快的腳步走著，短髮隨風飄逸，久違地掛上了發自內心的微笑。踏入課室的一刻，我忘形得讓同學誤以為是其他班的同學，只好尷尬地坐回座位上，臉上回復一向的沉寂，內心卻雀躍又感動，暗暗說了一句：「謝謝你，崔承優。」

很想快點見到他，可是當他站在黑板前，提示著我們還有兩星期就要考模擬試，那也意味著他還有十四天就會完成代課的任務，將要離開這間學校……

／9／

或許上天不會眷戀兩個不幸的人，所以接下來不是颱風就是下大雨，我們好些日子都無法到天台碰面。

其實課堂進度上已經完成了整個學習課程，餘下的時間都只是重溫要點，把所有內容再簡單地複習一次，所以我長時間處於忐忑的狀態，一方面想中學生涯快點結束，另一方面又不想讓他從我的身邊離開。

為了讓同學們爭取時間溫習，崔承優減少了補課次數，就好像寵物知道自己快將死去便躲起來一樣。我們仍會在補課後吃晚飯，可是他只准許我提及有關讀書及溫習的話題，每次當我問關於他的事情，他總會說：「這條問題跟課堂內容無關。」

縱使氣氛沉重，他還是會送我到車站，等到我上車後才離開。

我已經習慣了有他在身邊。

終於在最後幾次補課後的等車期間，我問他：「難道你不會不捨得這個地方嗎？怎麼感覺你不太在意。」

他望著遠處的車子答：「我只想妳快點過更好的生活。」

「我現在不好嗎？」答案的確是，但我仍要問，想聽聽他的說法。

「妳的路還很漫長，而我的路基本上已邁向終點了。」他苦笑著。

「我相信你的意思不是要死吧？」我問。

「跟死去沒分別。」他想了想再補充：「我的人生已經定型了，將來會發生甚麼事，都是預料之內的，大部分時間都是為賺錢而生活吧。」

「所以，我們的相遇，也只是因為你想賺更多的錢嗎？難道你只當成一份工作？」車子來了，但難得我終於能跟他聊起來，所以我沒有上車。

「我還可以期待甚麼？」他答。

當時仍是高中生的我實在未夠了解成人的世界，還以為他這回覆純粹是指金錢的重要性，正如我要賺錢養家一樣，但後來回想，他當時的慨嘆是因為就算有錢或沒錢，人都要莫名地追逐著錢，順從著命運為你安排的生活。

而我這位學生，仍未到達被生活定型的階段。

「妳還會遇上很多特別的人，我只是其中一個而已。」我記住了他這一句。

中學生活的最後一天，仍是下著大雨。

每個同學都設法留住告別校園前的時光，互相在校服上簽名，而我的目標只有一個——跟崔承優到天台合照。

到了午膳時間，我拿著透明的傘子，任由雨點打在傘上，站在天台的欄杆前，凝視著這片灰濛濛的天。我覺得灰暗才是屬於我的顏色，比藍天更有安全感。

「無論如何，你明天都要來跟我合照。」這是昨晚補課後，我要他作出的承諾。

他明明答應了我的，可是等了三十分鐘他也未有出現。

我一直盯著門口，每過一分鐘，我的心情就愈是焦急，到最後十分鐘時，眼淚更忍不住湧了出來，為甚麼我連這個小小的心願都無法實現？

當我失望得蹲起來時，卻見到那個熟悉的身影正緩緩走近，從我手中取過了傘子，再拉起了我。

「不好意思，剛剛被其他同學拉住了，所以遲到。」今天的他特別打扮過，笑起來比平日更帥氣：「不是要拍照嗎？妳怎麼哭了起來。」

我抹著眼淚回答是，一直在等你，還以為你不來了。

他終於來了，還帶來了一支腳架。

他跟著我的指示把手機固定好，然後我們站在天台的正中間，他為我撐著透明傘，在狂風暴雨下拍下了第一幀屬於我倆的合照。

「我把照片傳給妳。」他說：「妳先開啟藍牙。」

我的名字顯示於他的手機上，他便在可傳送的對象之中按下了「Ko Yau」。

只剩下一分鐘，最後的午膳時間就會結束。

「你記得我還有兩個願望未兌現嗎？」我突然提出。

「嗯。」他點點頭。

「我現在要你實現我其中一個願望。」我甚麼都不再顧忌地說：「你……可以吻我一下嗎？」

他想也不想，便走近了我，我頓時心跳加速，身子僵直起來。

他拋下右手的傘，以環抱的姿勢，在不觸碰我身體任何部位的情況下，輕輕拍了我的背幾下。

「我只能做到這個地步，很抱歉。」他在我的耳邊說。

「沒關係，謝謝你。」在我心裡，我倆是相擁著的。

鐘聲響起，我們離開了天台，返回了現實。

回到課室時，我發現儲物櫃裡出現了一本黑色筆記簿，我以為是他常常捧在手裡的那一本，但打開後見到內裡是全新且空白的，只在第一頁寫上了一句：**「日後妳有甚麼無法跟人說的心事，就寫在簿裡吧。」**

對於校園生活的最後一天，我並沒有不捨，因為當天只是一刻的暫別，他沒有離開過我往後的人生，依然陪著我踏入中學畢業後的下一個階段。

他不再是我的老師，我亦不再稱呼他的全名，由崔承優改口為承優。

╲ 第二章 ╱

戀上虛構的未來

10

照著鏡子，我不再穿著那些殘舊的T恤牛仔褲，也學懂了少許化妝技巧，畢竟在大學裡讀書，打扮一下是對自己的尊重，唯一沒變的是我依然留著一頭短髮，只是染成了淺啡色。

雖然是個新開始，表面上認識了許多朋友，參加了不少迎新活動，可是在我心底裡依舊是那位沉鬱冷酷的自己，仍要為生活打工賺錢，無法與任何人真正交心。

第一次感受到命運的無奈，是我立志要考進跟承優一樣的心理學系，成為他的師妹，可是接過公開試的成績單後，選擇權並不在我手裡，慶幸最後還是有大學取錄我，成為了社會科學系的一年級生。

我在黑色筆記簿上記錄了這份無奈，雖然承優不會讀到，但我告訴自己那是我跟他聯繫的方法。自從中學畢業後，我與他的唯一接觸是在社交媒體上的寒暄。我曾經嘗試過約他見面，問他出來吃頓飯好嗎，他卻回覆：「妳跟新認識的朋友外出吧，跟我吃飯那麼無聊，會浪費了妳的時間。」

「再遲一下吧，我最近很忙，在準備碩士畢業論文。」他答。

「可是我只想跟你見個面。」我回覆。

被拒絕了幾次後，我也不再勉強他，純粹想見一面都那麼困難嗎？我有那麼不討好？明明我在大學裡很受男生歡迎。

是的，不時都有男生想約會我，但我不會高調地任人知道身邊圍繞著喜歡我的人。

我只會在夜裡跟他們碰面，而且只會在街上隨意走走，因為初時我曾跟過一位男生吃飯，他帶我到一間對大學生來說算是頗有體面的西餐廳，一頓晚飯應該要花上他兼職一星期的薪水。

如果承優的外表是十分，他大概只有八分，也算是整間大學裡頭幾名好看的男生。他斯文有禮，就像承優一樣，坐在我對面的他風趣幽默，主動跟我聊著不同的話題，而我只是微笑點頭回應。

但當我把牛扒切成一小塊放進口時，突然有一股嘔吐感，可是去到洗手間後又吐不出來。

「妳沒事嗎？東西不好吃嗎？」他關心著我。

「我覺得不太舒服。」我望著枱上的食物跟他說：「但沒關係，你自己吃吧。」

整頓飯裡，我們沉默著沒有再說話，而那次之後，我就知道自己無法再跟男生獨處吃飯。

大概在他心裡，並不了解我為甚麼會有這樣的反應，純粹覺得我不喜歡他。所以，他在道別時，終於沉不住氣，收起了一貫的紳士態度，一臉不爽地罵我：「如果妳對我沒意思，就別浪費我的時間及金錢吧！」

我只在心裡跟自己說：「似乎沒有人能比得上他。」

升上大學二年級後，我的生活起了翻天覆地的轉變，因為我從他的社文平台上知道了兩個消息。

對我來說，都是壞消息：

一、他竟然回到了那所中學，正式成為了一位老師。

二、令我更心碎的是，他結識了女朋友……

11

「妳今晚又去喝酒嗎？」我的室友問。

「嗯。」我冷漠地答。

這位樸素又用功讀書的女室友，應該不太喜歡我吧。在踏出房門前，我覺得妝容略淡，於是加深了眼影，並把眼線由眼尾再延長多少許。

這時，我頭髮的長度已經及肩了。

大學二年級的我，終於成功申請到學校宿舍。搬離像片廢墟的家那天，我媽仍一臉頹廢地責怪著我：「連妳都要離開我嗎？」

「我一星期會回來一次。」我只執拾了些重要物品：「錢方面妳不用擔心。」

「我要妳每天都留在這裡！」她崩潰地擋在門口：「我不會讓妳走的，我在妳小時候待妳很差嗎？我又沒有虐打過妳，為甚麼要搬走呢？」

「妳別覺得自己可以擋著我。」我板著臉說，走向門口。

「求求妳不要走。」她幾乎跪在地上：「留多一天……一小時都好。」

我推開了她，無視她的說話，終於搬離了這個從沒帶過快樂給我的家。

她搞砸了自己的人生是她的事，必須自行承擔後果，別打算把我的人生都搞砸。我的存在不是為了照顧她，而只為了要改變自己的生活。這不關乎孝順與否，並不是有著女兒這身分，就有能力解決一切。當我連自己的感受都顧及不了時，又哪有心力去背負另一個人的感受？

我對於自己的離開，半點都不愧疚。

每一晚，我都與大學的「朋友」到夜店喝酒，女生不用付錢的，當然前題是妳要長得不錯而且打扮性感。

這種日月無光的生活，雖然不是我所期待的成長，但也只有酒精才能讓我暫忘過去的事，令他從我的腦海裡消失。

唯獨那一晚，承優又再次出現在我眼前。

當時我喝得半醉，被一位男生扶著離開夜店。在街上等待計程車的時候，那男生的手被另一個人用力捉著，並從我的腰間甩開。

我隱約聽到他們在爭吵及揮拳，回過神來才發現另一個身影正是承優。正當我想走上前時，承優被那男生在臉上揍了一拳，男生則被其他朋友拉走。

承優沒有追上前理論，任由他離開，立即走來扶起蹲在路邊的我，就像以往一樣。

「放開手，不用你扶。」已經完全清醒的我，想起他對我的不瞅不睬，就連回去學校當老師和認識了女朋友都不告訴我。

從他的眼神中，我又看到了同情以及鄙視，所以我忍不住再說：「怎麼了？又想當個好老師，拯救邊緣學生嗎？我已經不再是你的學生了，你也沒資格理會我。」

「如果妳生活得好，我不會打擾妳，但我實在無法見到妳這樣子……」他語氣強硬地說。

「哦？你一直有留意我過得怎樣嗎？但我不用你關心。」我冷笑眼前這個只會偷看我臉書更新的男人。

他沉默無語，過了一會才說：「總之妳別讓我擔心妳好嗎？」

「沒有人叫你要擔心我。」我準備回身離開：「真的不用。」

他本來想擋著我，但我瞪著他再說了句：「我不是你的誰，你並沒有欠我甚麼。」

他縮開了手，望著我的背影消失於他的視線。

12

翌日在宿舍醒來，室友去了上課，我掀開窗簾時才發現已是黃昏了。

我坐在床上，為著昨晚跟承優碰面時的態度而後悔。難得他在我面前出現，我是否應該趁機了解他的近況，或者他一直對我避而不見是有苦衷的，否則為甚麼會一直留意著我，知道我的生活變得混亂時前來阻止我，更因為我而被揍了一拳？

「算吧……難道我要跟他說對不起嗎？那樣會變得更奇怪。」

我猶豫著該不該找他時，他傳了個訊息給我。

「有空嗎？我請妳吃頓飯。」

讀著他這一句，我的手也震了起來，這是我期待了足足一年多的訊息，也是他第一個發送給我的訊息。

「去哪裡？」文字間無法流露出我的興奮。

「我來接妳。」

我站在衣櫃前，打量著所有過於性感的衣服和裙子，他應該不喜歡我去夜店時的穿搭吧？所以我只好打開室友的衣櫃，借了一件淺藍色的T恤及一條黑色裙子，把頭髮束成馬尾，再化了個淡妝。

「雖然老套了一點，但仍有青春搭救。」我望著鏡子裡打扮清純的自己心想。這是久違的造型。

我站在宿舍門外等候，當他駕著黑色房車停在我面前時，路過的學生跟我都同樣好奇，但見到仍然魅力十足的他從車裡走出來，為我打開車門，他們的目光盡是羨慕。

我坐在他車子裡的副駕駛座。

「這是你女朋友平日坐的位置嗎？」我問，他沒回答。

我實在不明白為甚麼他會看上那位女老師，平凡又沒趣，對了，就是當年幫他扶我到休息室的虛偽女人，難道是我的身體不適打開了他們的話匣？

滿腦子疑問，可是直至去到餐廳，我們才有機會把話講開。

「不是去快餐店嗎？」我問。

他帶著我進入了一間西餐廳，我想起了上次嘔吐的經歷。

「妳吃甚麼隨便點。」他把餐牌遞了給我，然後叫侍應先給他一杯咖啡。看他快要睡著的樣子，他應該很累。

我也有留意他的社交平台，他通常五時多就要起床，六時多回到學校，上了一整天課，下班還要長途駕駛來找我，也很難怪他感到疲憊。

「我吃意粉好了。」我把餐牌遞回給他，他便合起來揚手叫侍應。

我著急地問：「欸？你不吃嗎？」

他答我：「妳似乎忘了我晚上不吃東西。」

我乘機帶入話題：「我不知道的事還有很多。」

他喝著咖啡，侍應把意粉放到我面前，我叫侍應多給我一隻碟子及餐具，一如以往，很自然地分了一半意粉給他：「不是我忘記，而是你每次說不吃東西，但最後都吃了。你那一句話本來就有問題。你是不會自己選食物而已。」

「所以，妳想知道甚麼？」他吃著意粉地問，我喜歡看他吃東西的樣子。

「我寫在簿上了，你不知道嗎？」我說笑：「還以為是甚麼神奇的簿子，會把我的想法傳到你那處。」

他從公事包裡拿出一模一樣的黑色筆記簿，打開看了幾眼，裝模作樣地說：「妳想知道我為甚麼會回去學校教書，說我的女朋友很醜配不上我，還罵過我為甚麼一直拒絕妳不跟妳吃飯，是嗎？」

雖然明知他只是亂猜，但被說中了的我臉紅起來：「因為戀愛了，就覺得自己很幽默對吧，你還是適合板著臉。」

他每吃一口意粉，就習慣用紙巾抹一抹嘴。

「因為我想過正常生活。」他突然認真聊起來。

「正常生活？」我一時不明白他在說甚麼。

「我不是說過我的人生已經定型了嗎？」他把咖啡喝完：「我現在只想避免人生再出現任何衝擊，有一份穩定的工作，身邊有個女朋友，醒來就上班、下班就睡覺，一直這樣生活直至死亡。我就覺得足夠了。」

「這樣跟已經死了沒分別吧。」我答。

「嗯。我就當自己已經死了。」他一臉無奈。

「你還不過是三十歲而已……」

他並不想跟我爭論，望著眼前滄桑了少許的他，我才發現自己驗證了他說過的話。我的世界仍然很大，會遇到不同的人，而我亦因為換了生活環境，搬進了宿舍而減少了厭世的感覺。

明明不論在打扮上或身分上，我跟他的距離是拉近了，但原來問題並非步伐不一致或年紀的分別，而是我們本身就走在不同的路上，我怎麼追趕都不會在前面遇見他。

「既然這樣，你為甚麼要約我出來？」我再次打破沉默。

「因為……」他罕有地語塞：「因為妳就是那一份衝擊呀。」

這算是表白嗎？我衝擊了他甚麼？明明我一直都沒有在他面前出現，反而是他主動找我。

「我甚麼都沒有做過。」我的意思是，從沒打擾過他。

我以為他會說因為我存在於他的心裡，怎料他只是失望地說：「但妳沒有好好過日子。」

原因就是因為你從我的生命中消失啊！

我沒說出口，只回答：「又要上演好老師與壞學生的戲碼嗎？到底我過得好不好跟你有甚麼關係？為甚麼你要那麼在乎呢？我不過是你教過的其中一位學生而已，其實你不用再理我也沒關係的。」

當然不是。

「妳知道我的意思。」他再說：「我們都在過自己不情願的生活，可是妳仍可以選擇。」

「所以呢？」我反問。

他始終無法跨越我們之間的界線。

我明白他的苦衷及難處。

既然如此，他說我仍有選擇，那就由我作主動，讓我把他從像死去般的定型生活中拉出來。

這次是我向他伸出拯救的手。

「是不是只要我過得好的話……」我鼓起勇氣說：「你就會一直陪我好好生活？」

我握著雙拳，整個人顫抖著，等待他的答案。

13

「對不起，上次因為趕著出門，借了妳的衣服。」我跟室友說。

「沒關係喔，妳竟然會穿那些款式，我一直都很喜歡妳的打扮。」她答。

「是嗎？我全都不要了，送給妳好嗎？」我打開衣櫃。

「真的可以？」她摘下眼鏡，在鏡子前把我的衣服逐件拼上身，再回頭跟我說：「妳剪短髮真的很漂亮，好適合妳呢。」

「謝謝。」

「今晚要一起吃飯嗎？當是答謝妳把衣服送給我。」

「抱歉，我已有約了。」

踏出宿舍前，我回想起上次問承優的問題。

「是不是只要我過得好的話，你就會一直陪我好好生活？」

他給了一個比起「是」或「不是」更觸動我內心的答案。

「但我遲一些就會求婚。」他似乎明白我的用意。

我強忍著情緒：「有甚麼關係？我沒要求甚麼。」

「那妳想我怎樣？」他真心地問。

「繼續跟我吃飯吧。」

我提出這個要求，只因為我不想他再從我的生命中消失，哪怕只是最卑微的聯繫，一星期能夠見他一面，吃一頓飯，我已經心滿意足。至於他是出於甚麼原因而答應繼續陪著我，我不在乎。從來都不在乎。

升上大學三年級後，我回復了原來的樸素打扮，比第一年入學時更隨意，因為我想生活得低調。校園裡沒有任何男人能吸引我，自從我穿得樸素後，便很少再有男生主動約我，我沒有再去喝酒，課餘時間都留在宿舍裡或到圖書館參閱畢業論文的有關文獻。

反而我的室友像是跟我對調了身分似的，從當日乖乖讀書的女生，穿起性感的衣服後認識了幾個男朋友，當了一名玩弄別人感情的渣女。

承優的存在，是我生命裡的寄託，在見不到他的日子裡，我都會想像自己正在跟他一起努力生活。只要我們活得好，對方就會跟著好。

每次和他吃晚飯，我們都會坐在餐廳的角落，他背對著人群。雖然只是一頓普通晚飯，但為免遇到熟人，還是安全一點較好。

這些日子裡，他從沒有牽過、吻過或抱過我，就連走在一起時，他都會保持少許距離。

跟以往不同的地方是我倆會聊起更多話題，他會跟我分享公事上的苦惱，我會告訴他大學的生活。

「有男生追求妳嗎？」他偶爾會問。

「很多。」我通常會答：「但沒有一個我看得上眼。」

「有喜歡的要讓我過目。」他說。

「那你看看你的左手邊。」是一面鏡子。

我也會好奇他在學校發生的事。

「有女同學喜歡你嗎？」我懷疑著。

「我跟她們保持距離的。」他否認。

「會有女同學上天台嗎？」我再問。

「當然沒有，天台已經換了新鎖，連我也上不到去了。」他再解釋。

起初我只是半信半疑，直至我及後知道他會選中我，是有著萬中無一的獨特原因，我才敢肯定他的說話，百分之百沒騙我。

甚至乎，我會在感情問題上指導他。

「難怪她會生氣啦！」我多希望那個她會是我。

「她應該明白放工回家後有多累呀，講電話會睡著很合理。」他仍不懂情趣。

就連求婚，我也給了他意見。

「妳想怎樣被求婚？」他問。

「如果可以的話，我想見到雪。」我幻想著說：「能夠在滿天飄雪下被求婚一定很浪漫，不過我這麼不幸，應該只會下雨吧。」

連有沒有人會跟我求婚都成問題呢。

就這樣，他在幾天後，租用了一間歐洲復古風佈置的工作室，自彈自唱後，單膝跪地求婚了，對方當然猛力點頭說願意。換著是我也會即時答應。

在這幾個月裡，我覺得自己成長了，因為學懂愛一個人不必佔有。

但原來當我親耳聽到他問的這一句，心會是那麼痛。

「妳會來我的婚禮嗎？」

14

我懷著把它當成自己婚禮的心情步入宴會廳。

在其他同學眼中，他們只是獲邀來見證短期教過他們的老師的婚禮，而我卻在看著一個人從我幸福的憧憬中淡出。

由何時開始，我竟然會想像過這麼糟糕的自己會幸福？賓客笑著拍手祝賀，我笑著自己的不自量力。

「抱歉。」我望著台上的承優時心想。因為我的胸口被回憶重重壓著，痛得要在他們播放成長片段時到洗手間喘一口氣。

我望著鏡子，對著為了今晚更悉心打扮的自己說：「嗯，妳可以笑著過這一晚的。」

當我回到座位時，同枱的其他人卻一同以詫異的目光望著我。我無法得知發生了甚麼事，只好尷尬地笑一笑。

是我錯過了些甚麼嗎？

整晚裡，同學們聊著中學時期的趣事，好幾位男同學都偷望著我，女同學則在我耳邊讚我變漂亮了許多，可是我只留意著承優的一舉一動。他的笑容是發自內心的嗎？他跟新娘在台上親吻時，內心會想起我嗎？如果我們之間沒有身分的界線，這晚披上婚紗、在無名指戴上婚戒的人會否是我？

望著承優的父母及親友，他們的眼神裡滿是老懷安慰的神情，我彷彿明白到承優口中的正常生活，從某部分來說，也包含著別人眼中的正常。

而我與他，怎樣都不算正常。

承優跟新娘及家人開始敬酒，快要走近我們那一桌時，我戰戰兢兢的拿起酒杯。這是我第一次見到承優的父母，兩位都是知書識禮、優雅大方的老人家，他們見到我時，卻熱情地擁著我，大概是開心得醉了吧。

但我喝下的那一小口酒很苦澀。

當承優在我旁邊經過時，我感到手被牽了一下，他拿著酒杯跟其他人敬酒，視線卻在我這邊，我們對望著。他對我輕輕的一碰，不是糾纏的曖昧，而是一份感激，我從他的眼神中看到他在心裡跟我說：「謝謝妳沒有在我人生的重要時刻缺席。」

我也舉起酒杯，再喝了一小口酒，向他說：「我們說過會陪著大家，今晚的你很幸福，好帥。」

當心碎了再重組的那刻，我覺得自己又成長了。

雖然他已經成為了別人的丈夫，但因著緣分的相遇，兩個人一旦在生命中連結起來，並不是說放下就能放下，要忘記就能忘記的。

我只好繼續守候及等待，直至他完全不再需要我。

可是，我始終等不到完滿的散席。

當眾人等待合照，吃著最後一道甜品時，我的電話響了幾次，來電者是同一個陌生的號碼，由於對方一直致電，所以我不得不再次離席接聽。

對方說出了我媽的名字，問我是不是她的女兒，我回答「是」之後，他表明自己是警方，以平淡的語氣告訴了我一個消息。

「鄭鳳明女士從高處墮下，被發現倒卧在街道上，救護員趕到時已證實當場死亡。」

我聽著電話裡無情的聲線，腦海一片空白，對於下一步該做甚麼，完全茫然不知⋯⋯

15

我的人生隨著我媽自殺身亡，正式進入最黑暗的時期。

掛線後，站在宴會廳外的我，慌亂得不知道該先去自殺現場還是警局。

一直相依為命的我們沒有任何親友可以求助。在這刻能夠幫到我的就只有一個人，可是我無法打擾他的大喜日子。他還在裡面敬酒，所有賓客都替他高興著。

我回撥了警員的電話，先去警局處理一些手續，交待我媽的生活狀況。警員說雖然基本上已證實是自殺，並無可疑，但他們還需要到我家循例調查一下，差不多凌晨時分，我才從警察局離開。

剩下我一個人時，情緒開始來襲，但我強忍著，坐在一個無人的巴士站旁。明明我說過對自己的母親已毫無親情可言，但眼淚還是禁不住流下來。一輛又一輛巴士駛近又離開，但我沒理會過途人的目光。

「妳去哪裡了？」

在漆黑裡，我的手機屏幕亮起，唯一會在這個時候找我的就只有承優，他再傳了一句：「我見妳跑走了，有事發生嗎？」

我沒有回覆他，一來不知道怎麼開口說我媽自殺了，二來也不想打擾他的新婚之夜。在這齣突然上映的悲劇裡，就不要再增加多一個角色了，我可以獨自承受和面對。

但承優像能讀懂我的內心。

「妳放心告訴我，妳急著離開一定是有重要事，請讓我替妳分擔，不用怕打擾我。」

我拿起手機，讀著他的關心，手震地一字一字輸入：「我媽過世了。」

「妳現在在哪裡？我立即過來。」他很快便回覆。

「不用吧……我只是想告訴你而已，已經足夠。」

「妳把定位傳送給我，在這種時候不要拒絕我的關心，妳需要陪伴。」

仍然彷徨無助的我，只好聽從他所說，坐在原地等待他的出現。整個世界像天旋地轉，我已哭得無力又頭暈。

當我的眼皮沉重得再也撐不住，快要昏倒的一刻，仍穿著禮服的他從計程車趕下來，跑到了我的身邊，蹲在我面前。

「我來了。」他撥開擋在我臉上的亂髮。

「對不起，我並不想打擾你的，只是……我真的只剩下一個人了。」有他在身邊，我完全卸下了堅強，任由情緒湧現。

「先不要說這些。」他擦去我的眼淚，握著我的手扶起了我：「我陪妳回去。」

我像個小女孩般被他牽著，躲在他身後，他揚手召了一輛計程車，問了我家的地址後便告訴司機，整趟車程他都緊握著我的手，跟我說沒事，不用怕。

「妳先合上眼休息吧，到了我再叫妳。」

我沒問過他的同意，便靠在他身上，他也沒有像以往一樣推開我，讓厚實的肩膊承受著我這個重擔。

計程車停下，他輕力拍一拍我，醒來時我發覺自己身上正披著他的西裝。

下車時，我看到大廈旁邊仍有一個範圍被圍封著，他拉著我急步走過，進入電梯後我按下樓層，電梯門打開，經過昏暗的走廊，終於來到我曾經最厭惡的家門前。

我拿著鎖匙，呆呆的站在門口。

承優望著我點了點頭，有他的陪伴，我才敢打開大門。

16

我帶著承優踏進我的家。

我不敢開燈，只靠著微弱的街燈檢視屋內的情況。

明明上一次離開時這裡還是一片凌亂，雜物散落四處、廚房全是油污及未清洗的碗碟、衣櫃門全部被打開、我的上格床放滿了我媽的衣物……現在反而整齊得就像剛剛搬進來一樣。

那時候我媽的抑鬱症尚算輕微，會獨個兒外出逛街，回來後煮飯及做家務。但當我搬進宿舍後，她每天都會致電給我說失眠，身體各處都有痛症，我帶過她去看醫生，醫生跟我說她並無大礙，純粹是情緒影響及心理作用。

我無法承受她每天的電話轟炸，一聽到她的聲音就覺得頭痛，只好拒絕接聽。而我回家的次數由一星期一次減為一個月一次，而上一次回來，已是數個月前了……

飯枱上只放著幾封信及一張照片。

信件是由幾間財務公司寄過來追討債務的，借貸人是我爸高子成，而擔保人則是我媽。我自小就收到這些信件，已經見慣不怪。

我拿起那張照片，是一張沖曬出來的菲林照，右下角還有日期。

那是爸媽的婚照。

婚宴在酒樓舉辦，爸媽的衣著打扮符合當年的潮流，而我媽的笑容是我從小至今見過最燦爛及最甜蜜的一個。

在我的認知裡，我爸只是個欠債搞外遇，拋妻棄女的男人，但在我媽的腦海裡，他曾以好情人的姿態出現過。

每當她抱怨著我爸的離開，我都只是無情地責怪她為甚麼還要停留在過往。但現在除了明白到忘記一個人並不容易外，而且那段日子還要是她人生中最快樂的回憶，往後都再沒有感受過幸福，那又怎麼教她不去留戀。

「連妳都要離開我嗎？」

我的腦海浮現著我媽這句話。

她把屋子執拾好，或許是等一個人回家，等一個人陪伴。可是她無法整理好內心的淩亂，如果我早一天回家，結果會否不一樣呢？

她沒有留下遺書，我連她的遺願是甚麼都不清楚。

當我覺得自己要為我媽的死負上一定責任時，那份內疚叫我無力的蹲在地上，又再哭起來。

「是我做得不夠好嗎……？」我問身旁的承優。

「一路以來妳已經很努力了。」他又彎下身子安慰我：「發生這種事已經超越了妳能夠控制的範圍。」

「只因為你了解我，才會這樣說……」我仍內疚著。

承優望著痛哭的我，神色也黯然起來：「每個真正關心妳的人，都不希望妳把責任往身上揹，只會希望妳快點從悲痛中恢復過來。我相信，伯母也不是帶著怨恨妳的心情離開的。」

我沒法再說甚麼。

承優再補充：「只是接下來我們都要學懂面對悲傷，那是一個艱鉅的過程。」

我望著他答：「我怕自己一個承受不住，孤獨本來就很痛苦了。我媽常常說自己五十多歲，如果健康的話，還要煎熬多三十年，其實我也很怕要面對被憂傷煎熬的日子。」

他只簡單地說：「有我在妳身邊。」

「可是……」我想起了他的妻子：「今晚對你這麼重要，你還留在這裡？她不會生氣嗎？」

「這刻沒有人比妳重要。」他望著我說：「日後我每一晚都會見到她，但今晚最需要人陪伴的是妳。」

「對不起，常常要你擔心我。」我被他牽著站起來。

「我不會離開妳的，放心。」他堅定地說：「我不會讓妳一個人承受孤獨。」

「你以後都陪著我，直至我好起來，可以嗎……」

我擁著了他，而在這個難以渡過的晚上，他在昏暗的燈光下，沒有推開我，讓我擁抱半晚的安穩。

17

「畢業後，我們也要保持聯絡，好嗎？」

室友在我們搬離宿舍前的最後一晚跟我說。

自我媽去世那天起，承優陪著我處理好她的身後事，我的生活表面上日漸回復正常。本來考慮先停學一段日子，但在缺席了幾堂課後，承優卻說：「妳反而要讓自己充實一點，專注在原本要追求的事上。如果妳容許自己的生活混亂，那麼妳只會愈來愈混亂。」

我倆除了維持一星期吃一頓飯外，有好幾個晚上我的心情很糟糕，徘徊在結束生命的邊緣，他都會留在我的身邊，給我一個安慰的擁抱，我倆並沒有做出越軌的事，哪怕只是一個輕吻，他都會迴避。

唯一最浪漫的一次，是他陪著我在海傍聽一隊我最喜歡的地下樂隊，而他亦陶醉於甜蜜的旋律裡。

終於捱到畢業的那天，每個同學都有家人或朋友到場祝賀及合照，我卻獨自在參與畢業典禮後在校園遊走，如果我媽還在，這或許會是其中一個令她感到幸福的日子。

在我準備脫下畢業袍，離開校園之際，承優氣喘著向我跑來，對我說：「對不起，我又遲到了。」

這次沒有下雨，天氣晴朗，或許因為在場有很多幸福的家庭吧，我們也能沾上半份幸運。

他拿出了腳架，設置好相機，我們站在一片綠草的中央，他在我中學畢業時為我所撐的傘已經在我心裡，為我擋了無數場心雨，我才能捱到今天。

合照裡我倆都微笑著。

「你記得我還有一個願望嗎？」我考他的記性。

「嗯，妳要現在許嗎？」他笑著問。

「不，我暫時想不出有甚麼願望，可以留待將來再許吧？你還會在我的身邊嗎？」我也笑著。

「我給妳的願望從來都沒有時限。」

天空那麼藍，是由他的溫暖所染成。

搬離宿舍後，我獨自住在家卻感到一份束縛，承優因此提議我搬到另一處。

「妳有甚麼地方想住嗎？」他一邊替我執拾東西，一邊問。

「小時候常常要避債，我住過很多地方。」我說：「如果這次再搬走，我想有個全新的環境。我希望附近會有一些特色的小食店、放假時可以逛書店，還可以望到海的。」

「要我幫妳找地方嗎？我認識一些地產經紀。」

我搖搖頭：「我自己找吧，你升上主任後工作已經很忙，之後的路要怎麼走，我也要學習自己面對。」

新入職場的薪水只夠我在一棟舊唐樓租住一個小單位，但那一個區卻滿足了我所有的入住要求。

我幾乎扔掉了舊屋的所有東西，只保留了一些重要物品，例如我媽的婚照、我喜歡的衣物，以及承優所送的黑色筆記簿。

在踏入新居的那刻，我告訴自己要有一個新開始。

跟承優一樣每日為著工作拼搏，我終於撇除了學生的身分。雖然我們的關係依然是個秘密，但我倆見面的地點已不限於餐廳，一星期也不只有一次。

處於距離最接近的新階段，我的生活終於變好了，或許承優把自身的運氣給予了我，接下來的日子，卻輪到他不再被上天眷顧。

我真的只會為身邊的人帶來不幸……

第三章

不在你名下也沒關係

18

「我應該有至少半年時間無法跟妳見面……」

某個平淡的晚上，手機突然傳來承優的訊息。

「為甚麼？」我問。

他剛剛從補祝的蜜月之旅回來，足足兩星期有多，我還期待與他見面，但卻收到這則壞消息。

我第一時間聯想到，難道他在旅途期間造人成功，要當爸爸了？

「妳有電郵嗎？」他再傳來，跟無法見面有甚麼關係？

「公司的電郵可以嗎？」我答。

過了幾分鐘，他傳了一個用我名字申請的電郵給我。

「koyau1121@gmail.com pw:12345678」

「妳先登入，以後我們就以這種方式聯絡。」

「妳會看到有一份共享的文件，我會把想說的話寫在文件裡。」

對於他這一連串的訊息，我不太明白，於是問他：「訊息不是更方便嗎？」

「我暫時不想再用手機。」他再補充：「我不想跟其他人聯繫，想靜心休息一下。」

我暫時不太理解他這做法，但一定不是怕被別人發現我們交談所以換個聯絡方式。

當我登入了那個電郵，按進了那份文件，才發現那不是互相聯繫的，我無法輸入任何文字，只有他單方面能留言給我，我再關心他到底發生甚麼事，他卻傳來最後一句：「妳暫時也不要找我了，否則我連妳都斷絕來往。」

我忍不住致電給他，可是他已關上了手機。

我保持開啟那份文件，只好相信他這個令我擔憂的舉動，有著暫時不能明言的苦衷。這些年來，他從來沒有責罵過我，所以那一句「連妳都斷絕來往」足以證明了事態嚴重。

為免再觸動他的情緒，我唯有聽從他的吩咐，沒有再以任何方式聯絡他，只是默默等待，望著螢幕時，彷彿有種這麼近那麼遠的遺憾。

深夜時分，他寫上了一句：**「我整段人生已被摧毀得一團糟。」**

他終於開始跟我說話。

「在度蜜月期間，我遇到了意外……」

承優跟他的妻子本來打算在新婚後的暑假去歐洲度蜜月，但他為了陪著我捱過最痛苦的孤獨時期，於是把度蜜月押後了幾個月，直至聖誕假期才出發，但由於時間所限，地點由法國改為了泰國，只去兩個星期。

根據他的描述，他在玩越野車時被拋出車外，差點被後面的車輾過，以為撿回了性命，可是下半身卻嚴重疼痛，被送往當地醫院，經診斷後，車禍傷及了他的腰椎，雖然未至於殘廢，但也需要暫時要坐輪椅以及休息至少半年。

當我想像到承優受傷後躺在病床上的樣子，便心酸起來，多想自己能夠陪在他的身邊。

如果不是因為我影響了他的行程，他就不會遇上這場意外。我很想跟他說，這次輪到我會陪他渡過這段艱苦的康復過程，但我卻沒法把心意傳送過去。

我明白他的處境，發生了意外，他身邊的人一定會不停關心問候，但對於身心都受創的他來說，此刻只想躲起來不想跟人交待太多，只好關上手機，遠離所有人。

「……我已經是廢人一名，妳以後也不要再找我了。」

他寫完了這一句，就沒有再說下去。

承優是那種只懂關心別人，卻不懂照顧自己感受的男人。

我只好想想有甚麼方法，在不打擾他的情況下，能夠讓他知道無論情況怎麼壞，也有我在。

19

「我辭職了。雖然學校答應會為我請代課老師，叫我先安心休養，但我不想令學生們無了期地等待，我不知道自己何時才能夠康復……」

在承優不願見任何人的期間，我只好想像自己跟他面對面對話。

讀著他的文字，幻想他就在我面前。

躺在床上的他消瘦了不少，臉色蒼白，他一見到我就別過臉，不願被我看到他的潦倒。

「你還好嗎？」我握起他的手，卻被他甩開。

「我不是叫妳不要再找我嗎？」他氣若游絲地答。

「這些時候，我更加要陪著你，就像你一如以往的陪著我。」我再安慰。

「不用。我一向不在乎自己活得怎樣。」他自暴自棄。

「你忘記了嗎，如果你過得不好，我也會活得不好，是你說的。」我略為激動地說，不想見到他放棄自己。

「因為以前的妳需要我，但現在不用了，我不想拖垮妳的人生，也無法再帶給妳幸福……」他低著頭說。

「你看著我。」我等他把頭轉過來再說：「無論你怎麼拒絕，我也會留在你身邊直至你康復，到時你想不想再見到我，我也不會勉強你。但這一刻，我不容許你再把我推走。」

他沒有回應，只是一臉凝重地望著我，欲言又止。

我多希望以上的對話會發生在現實裡，然而此刻卻只能存於我的腦海，我該讓他安心休養還是繼續找他表達我的支持及關心呢？

我想起了黑色筆記簿。

對他來說，其實這個寫滿文字的視窗是網絡版的黑色筆記簿，他只想記錄自己的心情卻又怕突然消失會讓我擔心，所以才想辦法讓我知道他的事。到了自己最脆弱的一刻，他還是關心著我的感受。

我以同樣的方式，開了一個新文件，發了一個共享的邀請到他的電郵，讓他選擇要不要閱讀我的感受。我在標題寫上：**「我不會勉強你，等你準備好心情才打開……」**

我把剛才的話寫在那份文件上。

在等待他的期間，我亦把這麼多年來寫在黑色筆記簿上的一字一句跟他分享著，讓他知道他在我心裡有多重要。

過了幾天，他談及了自己的妻子。

「她考慮跟我離婚。」

聽到這個消息，我本來應該感到高興才對，但這刻的我居然替他心痛起來，不想他再承受更多的打擊。

為甚麼他的妻子要在這種時候離開他呢？

雖然他的妻子曾經是我的老師，但我不太了解他們在私下是怎樣相處，承優亦從來不會在我面前談論他的婚姻狀況，而我也識趣的不會問及。因為我倆都不想將這段關係定義為外遇，也避免談及他在婚姻上的不滿。那會沾污了我們的相遇。

「她是個家庭觀念很重的女人，自我認識她的第一天，她就跟我坦言急著結婚，希望在三十歲前當媽媽，育養一子一女是她畢生的心願。」

我想起了承優一直所說的正常生活，而對他的妻子來說，結婚生小孩便是她的正常。

「可是，自從我受傷後，醫生診斷我未來一年或幾年內都無法生育，下年就

三十歲的她覺得非常失望，而且對於要照顧我這位病人感到吃力，我明白的，也不會怪責她。」

一向體貼的承優，聽到妻子說出這樣無情的話，應該只會掩蓋著內心的疤痕，笑著跟她說沒關係吧。

不過他指妻子還未下決定，仍在考慮階段，會一直觀察著他的康復進度。

讀到這裡，我不停在心裡咒罵著他的妻子，她把承優當成一件貨物還是機器？

我很想跟承優說：「離婚就離婚吧，以後跟我一起，我願意照顧你。」

我實在不明白承優為甚麼會喜歡上她。

但我實在沒資格當面責怪她。

唯一的好消息是，承優說康復進度良好，現在已經可以拿著拐杖走路。

再過多兩星期，他說可以跟我聊一次電話。

「妳想聽聽我的聲音嗎？」

/20/

我立即接聽了承優的來電，聽到他的聲音時，我隨即哭了起來，原來隔著電話的一句說話都來得那麼困難。

他：「妳還好嗎？」

我：「嗚……」

他：「妳先不要哭吧，哈哈。」

我：「你還笑得出來。」

他：「因為聽到妳的聲音太高興嘛。」

我：「我很想念你。」

他：「我也是。」

我：「但我是非常非常非常想念，從來未試過這麼想念一個人。」

他：「那我是非常非常非常非常想念，多妳一個非常。」

我：「為甚麼不讓我去見你。」

他：「因為我看上去太糟糕了。」

我：「我不介意！」

他：「真的，妳見到我後就不會再喜歡我了。」

我：「欸？我沒說過喜歡你呢。」

他：「哈哈，是的，是我一直誤會了。」

我：「我喜歡你。」

他：「欸？」

我：「我現在說多一遍，我喜歡你。」

他：「很抱歉，要妳擔心。」

我：「你沒事就好了。」

他：「大概還要休養多兩星期。」

我：「我等你。」

他：「妳工作忙嗎？一直沒關心過妳的工作，新居住得慣嗎？」

我：「嗯，一切都很好。」

他：「那就好了。」

我：「你不用擔心我，快點好起來就可以了。」

他：「知道。」

我們沉默了好一會，不是因為把話題都說光了，而是我們感受著對方的存在，即使是哭聲、是笑聲、或純粹是證明仍活著的呼吸聲。

他：「高悠。」

我：「嗯？」

他：「我也喜歡妳。」

這是他首次跟我表明自己的心意。我的內心雖然很激動，但也只想他順利康復，由此至終，我都只希望能待在他的身邊，那就夠了。不過，這句喜歡真的很動聽。

我：「等你見面時再跟我説多一次。」

他：「嗯。我還欠妳一個願望，在我出院後會替妳實現。」

再聊了一會，他掛線了，我過了一分鐘才捨得把電話放下。

因著這通電話，我們的世界再次連結著。雖然他已經重新使用手機，但我們還是保留著透過文字的溝通方式。日常聊天在通訊軟件，比較隱私的心底話則寫在文件裡，就如交換日記一樣。

再過多幾星期，我們終於見面了。

而且，不是只約會一晚那麼簡單……

21

「我可以有一個月時間陪妳。」承優在電話裡跟我說。

「真的嗎？為甚麼？」我在公司聽到後，差點叫了出來。

承優說因為他的妻子會在暑假回澳洲探親，而他們正處於有名無實的冷戰狀態，所以他不用陪她回去。我忘了承優剛剛康復，不自覺地提出：「那我們也去旅行好嗎？」

「我記得妳說過想去法國。」他和議著我，但我興奮了一會便猶豫說道：「但是你的身體能應付得來嗎？」

雖然他堅持說沒問題，還說要爭取時間買機票及計劃行程，但過了幾天，他妻子的外婆卻病逝了。雖然她仍然會出發到澳洲，但只會逗留一星期幫忙打點身後事。

「那我去妳家住一星期好嗎？」

雖然無法跟承優一起去歐洲，但想到可以過一星期的同居生活，我已經覺得很幸福了，也不用擔心他的身體狀況，而且將來還有機會的。

「我會好好照顧你的，在這星期把你養胖。」

我想好好珍惜這七天的時光，所以我也跟公司請了假，全程投入跟他在一起。

放工後，我趕緊回家執拾，準備好後便跟他說可以過來了。

「我要到樓下接你嗎？」我問。

「我自己上來就可以了。」他答，或許他不想讓其他人見到。

門鈴響起的時候，我正在廚房準備晚餐，那一刻我有種新婚的感覺。

我打開了門，只見他拿著一個小型行李箱，站在門外。

超過半年無法見面的思念，令我禁不住用力擁著他，過了幾分鐘仍不願意放開。

「你一點都沒變呀。」我望著他依然帥氣的外表，真的看不出他曾經歷過一場大病。

「為了見妳嘛，我有努力讓自己變好。」他踏進門內。

「原來有變……變得口甜舌滑了，是在醫院裡跟護士調情時學的嗎？」我把剛剛買的男裝拖鞋遞給他。另外我還買多了一個枕頭。

「這裡感覺很舒適，我還以為會一片凌亂。」承優坐在我家的梳化上，這畫面令我覺得很夢幻。

他不知道在幾小時前這裡仍像垃圾站一樣。

「今晚我親自下廚，但你不准說難吃，可以嗎？」這次是我第一次煮飯給男生吃。

「好呀。」他答：「很難比醫院的飯餸難吃吧。」

見到他還懂說笑，我就安心了。

可是當他把我炒的一塊肉片放進口裡時，面色一沉，我再嚐一口，就知道下了太多鹽……

「不要吃吧。」我失望地說：「本來還打算煮得清淡一點，怎料真的比醫院裡的飯餸更難吃……」

「才不是呢。」他笑著說，再把一塊肉片放進口裡，吃了幾口飯：「很好味呢！」

飯後，他提議去散步：「我想看看妳住的地方。」

走在大街上，他眼神堅定地望著我問：「我可以牽妳的手嗎？」

過往我們外出時，他總是跟我保持距離。

「你不怕被人看到嗎？」我問。

「我只想牽著我喜歡的人。」他答。

我臉紅地伸出了左手，他毫不猶豫就緊緊牽著，好像怕我會縮開似的。我們按捺了這麼多年，輕輕的牽一次手，也不算過分吧？

我帶了他去我平日愛逛的書店。

「書店在地庫呢，而前往書店的樓梯總有一隻橘貓，我每天中午都會去餵牠。牠很可愛，你一定要去看看。」我們十指緊扣著。

「真的。」承優一見到橘貓便蹲下來摸著牠的頭。

我再跟承優解釋：「這隻橘貓叫釘釘，由地庫的一間二手書店所養，書店的老闆很好人，讓我在書店待上一整天，都不會覺得我妨礙他做生意。

但書店的人流不多，老闆問我有甚麼地方可以改進，我便建議不如養一隻貓陪他吧，亦可以為客人帶來歡樂，後來他真的領養了一隻成貓，就是這隻橘貓了，我每天中午都會來餵牠。」

橘貓被我摸著，發出呼嚕聲。

「剛剛應該有人餵過牠了。」我望到橘貓旁邊有一罐罐頭。

「妳會想養貓嗎？」承優問我。

「想呀！但遲一些有人陪我一起照顧才養。」我答。

「我也是，有機會的話，我也想養。」他望著貓，再望著我。

他不捨地跟橘貓揮手道別後，我們沿著電車路走，他又突然提議：「很久沒坐過電車了，我們隨便上一架好嗎？」

這晚的承優比以往來得隨意及自在，我們坐在電車的上層看風景，微風吹亂我的頭髮，他為我整理後，曖昧地望著我說：「還以為再也見不到妳。」

回到家後，他不想今晚這麼快結束，於是選了套電影坐在梳化上一起看。

「這算是我們第一次看電影嗎？」我問。

「以往太委屈妳了，跟我外出只去吃飯一定很悶。」他答。

他說電影是講述一對在奧地利偶遇的男女，兩人渡過了既有深度而又浪漫的一晚。

「所以，我常常說，雖然世界很大，但妳總會遇到命中注定的人，妳別放棄，要繼續尋找。」承優在電影播完後跟我說。

「那個人就在我的旁邊。」我回應。

「我……始終無法給妳真正的幸福。」他慨嘆。

「答應我，這幾天不要再說這一句。」我語氣強硬：「幸不幸福是由我決定，我現在覺得幸福，一直都很幸福。」

看到男女主角在法國重遇的時候，我跟承優說：「假如我們有天失去了聯絡，那就約定某個時候在巴黎見面？」

「看來妳真的很喜歡巴黎。」他迴避了我的問題。

「我要跟最愛的人去一次。」我再說。

看完電影，我先去洗澡，從浴室出來時見到承優正在黑色筆記簿上寫東西。原來他還保持著這個習慣。

「是當年的那一本嗎？怎麼還未寫滿？」我問，他專心得被我嚇了嚇，立即合上了筆記簿。

「應該不會寫得滿的。」他反問：「妳不會偷看吧？哈哈。」

「以前會想。」我坐在他旁邊答：「但現在不用偷看，我也能夠了解你了。」

「今晚我睡梳化吧。」他拿著枕頭說。

「怎麼可以，你的腰不是受傷了嗎？」我擔心著：「我不介意你睡在我旁邊。」

「我睡梳化好了。」他又堅持著。

「還是你睡床，我睡梳化？」我不知道他執著的原因。

「如果我在梳化睡得不舒服，我才告訴妳吧。」他總結。

「那好吧，你記得告訴我。」我只好配合。

有他在旁的晚上，我睡得很甜，卻又不想日出太快到來。

22

「今天妳想去哪裡？」他起床後問。

我們像情侶一樣計劃著行程。

我沒有特別想去的地方，他則牽著我到海傍，他說想測試自己的運氣，到了再告訴我詳情。

「昨晚睡得好嗎？腰痛不痛？」我關心著。

「喔！妳家的梳化比床還要好睡呢！真的沒騙妳，以後都想睡梳化了。」

他浮誇得令我笑了。

「難道你有其他事在騙我嗎？」我隨口說說。

在海傍走著，來來回回了幾次，他露出一個失望的表情。

「遇不到那隊街頭樂隊，如果可以再聽一次就好了。」

「April Love 嗎？」我問。

「嗯。」

那是一隊由兩兄弟組成的獨立樂隊，亦是唯一拉近我與承優的喜好，一隊令他亦著迷的樂隊。我們之前聽過好幾次，算是初初約會時的深刻回憶。

「我還記得妳點唱過那首……」他回想著。

「《灰姑娘》呀！」我哼著歌詞：「盡情愚弄我吧／我自行回家／沒有眼淚要留下～」

「現在妳還是灰姑娘嗎？哈哈。」

「不知道，現在還未過午夜十二時呢。」我答：「除非你會消失吧，那麼我就會打回原形了。」

承優拿出了手機查看April Love的社交平台後再說：「他們上一次更新已經是很久了，或許已經解散了。」

我也拿出了手機，在他們的社交平台按下追蹤：「我會留意著的，如果他們下次有表演，我們就一起再來。」

「到時妳會點唱甚麼歌？」他收起了手機。

「《灰姑娘》的續集吧？」我答。

「將來會有這首歌嗎？」他一臉疑惑。

我拿出耳機，跟他一人戴上一邊，在海傍的浪漫氣氛下聽著歌，心裡希望我和他都能實現歌詞裡的好結局。

這個晚上，為免再虐待他的味蕾，我不再下廚了。在我家附近走著的時候，承優在一間小食店前停了下來：「我很久沒吃過街頭小食了，買一些回去好嗎？」

「嗯。我甚麼都吃的，你點吧。」我望著店內的老闆大叔。

「這款燒賣是好吃的那一款。」承優跟我說，老闆聽到他的話後，熱情地稱讚他有品味。

老闆把食物裝好後，跟我們說：「你們有用社交平台嗎？如果追蹤我的小店，會多送一份燒賣呢。」

我們都拿出了手機，輸入了用戶名稱後，我問老闆：「是這個嗎？」

「對對對！」老闆答，他的帳號不是小食店，而是一個救貓組織，我按下追蹤後，老闆再說：「如果見到有甚麼流浪貓需要幫忙，即管找我。」

承優點頭後，從老闆手上取過食物，我倆便牽著手回家。經過橘貓躺著的樓梯時，有一位男生正在餵牠吃罐頭，我與承優便沒有打擾橘貓了。

吃飽後，承優拿出了黑色筆記簿，再跟我說：「妳可以做我的模特兒嗎？」

我坐在他的對面，問：「我要擺甚麼姿勢？」

「自然就好。」他想了想再說：「妳最想在我心中留下的畫面。」

我露出了一個甜美的笑容。

「就這樣嗎？」他問。

「重點不只是笑容，而是我望著你專注的樣子，只有你在，我才可以擺出這個表情。」

他開始畫起來。

畫了一會我們都休息一下，我問他：「你很喜歡畫畫嗎？以前很少見你畫。」

「嗯。小時候就開始畫。」他答。

「我也一直想學畫畫，不如你教我？」我再問。

「那不是又要當妳的老師嗎？哈哈，我不想妳再做我的學生了……」他拿起畫筆繼續畫。

「哼，遲一些我自己去學，可能會畫得比你好。」說罷，我擺回剛才的姿勢。

當他畫好後，我問他可否給我看看，但他說暫時不可以，這是一份禮物，要等到合適的時候才送出。

大概他想等到我生日吧。

至少我現在知道他視之為寶、珍而重之的黑色筆記簿裡，其中一頁有我的存在，我會一直期待他讓我翻閱的那天。

承優在睡前跟我說，明天要帶我去兩個特別的地方。

23

自從我媽去世後，一切後續的事都由承優幫忙打點，我只去過我媽的靈位一次，因為一個人去太傷感了，對於當時的我來說，脆弱的內心仍未足以面對。

或許承優知道這一點，他在早上先陪我去拜祭我媽，我們一起站在她的遺照前鞠躬。

雖然眼前的是我媽，但承優望著她的龕位時，表情比我更為黯然。他們兩人都在我的人生中佔著重要的位置，在這一刻，我感覺到他們同時在我的身邊，掀起我心底裡的感動。

「之前一直沒正式答謝你幫我。」我望著他再說了一句謝謝，幸好有你。

「面對親人死亡是艱鉅的課題，我也希望能替妳分擔。」他一臉沉重。

我想起了他的父母，在婚宴時高興地敬酒，慶幸他們的健康不錯。

臨走前，承優在我媽的龕位前低著頭說了幾句，我問他講了甚麼，他只答我：「我說會讓妳的女兒好好活下去。」

我把今天當成承優見家長的日子，遺憾的是他們在現實裡未曾相見。

「媽，以後我們會多些來探望妳的。」我在心裡想。

離開後，承優說下一個地點會很親切，坐上計程車時，我大概已經猜到。

「學校說我還有一些物品未執拾，趁著今天假期回去，少人一點。」他解釋。

「畢業後我也沒回過去呢。」我也好奇學校現在變得怎樣。

跟他一起再次踏入校門的感覺很奇幻，門口的校工認到他但認不到我，不過沒有過問我是誰。

承優先去教員室，而我則走到曾經待過的班房逛逛。

望著曾坐過的位置，我望到過去的自己，在心裡告訴她，無論當時怎樣難過，跌跌碰碰，妳也捱到了今天，辛苦妳了。往後的日子就算再怎麼困難，也有承優陪在身邊，就不需要再擔心了。

他執拾好物品後，發了個訊息叫我上天台。我懷著緊張的心情踏上每一級樓梯。

推開天台的大門，我像穿過了時光隧道，靠在欄杆的承優回身望著我說：「妳到了，等妳很久。」

雖然我還不過二十多歲，但相比起當年的自己，青春始終回不去了，承優卻說我依然清澀，而且多了一份閱歷，反而更吸引。

「真不公平，你就真的沒有太大分別，男人真好。」我慨嘆。

我們越過了欄杆，像當年般平排坐著，望著同樣的風景。今次上天沒有捉弄我們，贈送了一片藍天白雲，陽光依舊耀眼地照在承優身上。

「妳還有聽那些歌嗎？」他問。

「怎麼你還記得……」我答。

「一個女高中生，每天就在天台聽著那麼傷感的情歌，不是一件會容易忘記的事情吧。」他苦笑說。

「滿臉愁容又厭世的代課老師也讓人難忘。」我也笑著。

「現在有比以前好嗎？」他再問。

我拿出了手機，又再為他戴上一邊耳機，播放當年的歌單。

「是我太過愛你／願意放生你
無謂你抱陣我也這麼的晦氣」

「曾不聽不管不想知你的近況／
誰與你每晚挽著手遊蕩」

「At the end of the day／
我最需要的是你不是誰」

「失掉你／我已不會做人／如何還留力愛人……」我哼著歌：「期待你／對我說我仍然吸引……」

現在有比以前好嗎？我回答承優：「時間一直停留在這天的話，我也可以。」

重遊了舊地，我記起了當年憧憬過的畫面，著緊地望著他說：「你還欠著我的願望，我終於知道要怎麼兑現了！」

24

我不知道跟承優提出這個願望會否太過分，但難得他暫時百分百屬於我的時候，我也想把這份甜蜜永遠留住。

「只有三天時間，你覺得會不會太倉猝呢？」從學校天台回到家後，我們還剩下三天。

「明天一早我去準備佈置及衣服，攝影師方面……」他說。

我打斷了他：「我有一個很喜歡的女攝影師，她專門拍菲林照的，我剛剛問了她，那天她本來放假，但在我再三請求下，她願意為我們拍照。」

我的最後一個願望，就是跟承優拍一輯婚照。我本來覺得這是一件不可能的事，但他對於我提出的事，總會沉穩務實地承諾替我實現。

衣服方面，我知道一定無法完全合身，但能夠在短時間內借到一條足以穿著拍照的婚紗已經完美。

接下來的剩餘時間，我們就在籌備這段回憶。

「妳在晚上七時左右過來，其餘的事我會打點。」他叮囑：「妳安心打扮得漂漂亮亮就可以了。」

我在約定的時間來到了他安排的地點。那是位於一棟大廈的天台，專門租借給別人拍照用的。

我先在室內的衣帽間換上婚紗及補妝。

當我步入場地時，承優已經站在中央，在他前面擺放了一條由蠟燭燈砌成的路。

雖然是晚上，但周圍掛著耀眼的燈飾，還有幾支大光燈，身穿全白西裝的承優，像個王子般在精心的佈置下，笑著迎接我。

「妳今天好美。」他牽著我說。

「謝謝。」除了這句，我已經驚喜得想不出其他說話。

「不過妳的手少了樣東西。」他從褲袋中取出了一枚戒指，套在我的手指上。

那是一枚琥珀色的寶石戒指。

當我們準備好的時候，攝影師亦抵達了。

她比我想像中年輕，是個文青打扮的少女，一個助手都不用，便在場地構思拍攝的角度及跟我們溝通，了解我們的要求。

我在她的耳邊輕輕說出了一個請求，雖然她露出一個詫異的表情，卻點點頭說沒問題。

我的願望即將實現，由她拍下我們這最幸福的畫面，而在按下快門的一刻，天下起雪來。承優除了佈置場地外，還準備了一部製雪機營造氣氛。

在滿天飄雪的夜空下，承優望著我說：「我沒有忘記妳說過喜歡雪，希望沒令妳失望。」

一顆一顆的雪粒降在我倆的手上，我擁抱著這份白色的浪漫。

雖然我的幸福從來都不在他的名下，不被認同，也無名無分，但我從小至今的情感缺陷已被他的愛所填補，我的愛情亦得以完滿，我在心裡再次跟承優說了一句：「謝謝你，我真的很幸福。」

在這最後的一夜，我問承優可否擁著我睡，我們仍然沒有做出越軌的事，純粹靠在對方的懷抱裡感受道別前的溫暖。

「晚安。」承優在我耳邊說。

「我想望著你一整晚。」我不捨地答。

翌日當我醒來的時候，發覺身旁沒有人，嚇得不知所措，立即從房間走出來，卻見到承優滿臉蒼白地步出洗手間。

「你沒事吧？」我問。

「可能昨晚太冷而已，別擔心。」他答，然後叫我坐在飯桌旁。

他從廚房捧著早餐走出來，放在枱上：「一起吃吧。」

明明只是一份炒蛋，卻是我吃過最好味的炒蛋。

「我要你以後也煮給我吃。」

這句話當然無法實現，他執拾好東西後便要到機場接他的妻子。

「我覺得只是過了七分鐘而不是七天。」我在門口擁著他，不想放手。

「別不捨得我，這樣我也不放心離開。」他輕撫著我的頭說。

我始終要放手。

承優再一次從我的視線中消失。

在他妻子回來後，我在思念的日子裡收到了兩個消息。

第一個是承優親自跟我說的，我倆的事被他妻子發現了，我們短期內暫時不要見面。

而第二個則是在跟承優斷聯幾個月後，我從中學的群組裡收到的。

「大家記得崔承優老師嗎？他在昨晚離世了。」

是承優的死訊……

及後的情節

將呼應小說上集《告白在妳自殺前》

╲第四章╱

告白在我自殺前

25

即使過了一年，我每天都無法忘懷步入靈堂，望著承優遺照的畫面。

他的雙親給了我一個哀傷的擁抱，而他的妻子則厭惡地瞪著我。

他們似乎知道了我跟承優的事。

但我只能從其他人的口中，零碎地知道承優的死因，直至我終於讀到那本黑色筆記簿時，才了解到這些年來承優埋藏著的秘密。

一切要由我決定在唐樓舊居的天台自殺，被陌生的男生阻止說起……

望著他急著拯救我的身影，我回想起承優對我的著緊。

他讓我意識到自己在死前還有一件事要完成。

我需要這個男生幫忙。

我見到他拿著手機，於是想到一個能暗暗地聯繫他的辦法。我先拍下他在天台的背影，如果他有開啟Airdrop的話，我便可以知道他是誰。

手機螢幕顯示出一個可傳送對象，我便把照片發送到那個裝置。萬一那個人不是天台的他，我便可以在他走後，再次帶著遺憾離開，一切依舊。

「凱辰」

「傳送中……」

「已傳送」

天台的男生立即四處張望，在手機裡按著甚麼，我便確定凱辰就是他。

趁著他還未發現我，我離開了舊唐樓，在門口的暗角一邊等待，一邊開啟手機的備忘錄寫下我要傳給他的資訊。

如我所料，過了幾分鐘後，男生便喘著氣從門口出來，在他用手機尋找著我的時候，我再在「凱辰」的名字上按下傳送。

我在截圖上寫著：「陌生人，謝謝你，你先回家吧，今晚我不會死去。」

還留下了一組帳號及密碼：「koyau1121@gmail.com pw:12345678」

他暫時不會知道我想做甚麼。

回到家後，我馬上登入了另一個電郵，再開啟了一個共享文件，命名為「遺書」，然後發送邀請到koyau1121@gmail.com。他只能檢視而無法輸入或刪除任何文字。

那裡本來滿載了我和承優互相分享的心事，但他在離世前已把一切清空，沒有給我機會透過文字去回憶與思念。

他按下了同意，以我的名字顯示在文件上，我知道他亦回家了，也慶幸他不是一個笨蛋。

我跟這位和我在自殺前相遇，名為凱辰的男生說，我在死前的心願是把這封遺書寫完，感謝他試圖阻止我，但我不會打消我自殺的念頭，如果他想以旁觀者身分陪著我完成這封遺書，我不會介意。

他讓我感受到承優依然存在，那麼我才能在黑夜裡對抗孤獨，寫下最後的話。

我開始輸入第一句。

「致我糜爛的一生：」

承優出殯當日，我曾經問過他的妻子有關承優的事，她卻對我不瞅不睬，之後無論我發多少個訊息給她，她都已讀不回。但我明白的，也很難怪她，誰會想跟一個與自己老公曖昧的女人溝通？換轉是我，可能已經破口大罵了。

我最後一次跟承優交談時，當時他說我倆被他妻子發現了，建議我搬到另一處避嫌，現在回想，他可能為免我睹物思人，所以找藉口令我離開傷心地。

雖然只有七天，但住在那裡是我最幸福的時光，但既然在那裡開始，我就在那裡結束。

在下一個晚上，我在舊居附近的街道上走著，眼見凱辰迎面而來，但他不清楚我的樣子所以沒有發現到我，而且他低著頭急步走進那棟舊唐樓，即使遇見也不會察覺得到。

他除了旁觀我寫遺書外，還再次回到天台尋找我。

我站在街道上等候，當他的身影再次出現時，我便跟蹤著他。而他所到之處，竟是我每個中午都會去探望橘貓的樓梯，他疑惑地望著一張告示便離去。

我也走近讀著那張告示，上面寫著橘貓失蹤了。

我望著空空如也的樓梯，想起了承優曾經在這裡玩過橘貓。我也憧憬過跟他同居及養貓的時光。

我無法再容許有重要的回憶消失，於是決定幫忙尋找橘貓。

而在展開尋貓之旅前，我先把想到的文字輸入到遺書上，告訴凱辰我已經不在唐樓居住了，別再花時間去尋找我，而且我應該好幾天都不會更新。

如果我或他，誰先跳了下去，就不會有今天的相遇。

我的腦海閃過承優常常掛在口邊的一句話。

「世界很大，但妳總會遇到命中注定的人。」

26

雖然我與承優的父母只有一面之緣，但往後每次見面，他們都會深情地擁著我，而他的母親更會在我肩膀上哭起來。

可是當我問及關於承優的事時，他們都只說不知道，就像承優不容許他們跟我交待半句似的。

走失的橘貓，算是因為我建議老闆領養才會來到這裡。這幾個晚上，我都不眠不休地在街頭尋找牠，雖然我也見到其他應該是貓義工的人亦有幫忙尋找，但多我一個人，就多一個機會，讓沒有生存意義的我還可以做一些充實的事。

經過三晚，幾乎找遍了每個街角，但仍見不到牠。

當我累了，準備回家休息明早再找時，我心血來潮地查看每一輛停在路旁的車，大概彎了幾十次身，低了幾十次頭後，我聽到了熟悉的貓叫聲，當我喊著「釘釘」的名字時，帶著紅頸圈的牠走到我的腳邊，磨蹭著我。

我立即抱起了牠，牠除了身子髒了一點，似乎都沒有受傷。由於已是深夜，我決定先帶牠回我家暫托半晚，替牠抹抹身子，餵罐頭及水。

承優問過我會不會想養貓，當時我答遲一些有人陪我一起照顧時才養，但他已經不在了，這數小時與貓的相處，算是實現了我的心願。

等到書店開始營業前五分鐘，我悄悄的把橘貓放在門口，跟牠玩了一會，便待在一角守候，應該是書店老闆的兒子回來店鋪，感動地抱起橘貓，我才安心離開。

希望橘貓在我離世後依然會被人悉心照顧，健康成長，而書店亦能夠繼續營運。

救貓一事完結後，我繼續寫著遺書。

而那個男生仍然在網絡的另一邊陪著我。我突然好奇，他本來不是也要尋死的嗎？是因為我的出現，令他暫時放棄了自殺的念頭？

我在文件上寫著與承優約會時的回憶，寫了他在課室認真教書的嚴肅模樣，但跟我吃飯時卻溫柔體貼。

當我寫到跟他逛海傍時……記得承優住在我家的那七天，其中一天他跟我重遊海傍時提及過想再聽到April Love的演出。

我仍然留意著這隊樂隊，但他們的社交平台依然沒有更新，當我獨個兒去海傍碰碰運氣時，結果亦與當日一樣失望而回。

彷彿在我和承優之間的重要回憶，都會悄悄流走，如April Love的旋律和歌聲，亦如我們拍過的那輯滿天飄雪的甜蜜婚照。

當時，那位女攝影師告訴我們照片沖曬好之後，我跟承優說去選照片。

「她不能把所有照片都傳送給我們嗎？」承優問我：「無論拍得怎樣，我每一張都想保存。」

「她有自己的堅持。」我再解釋：「她說拍菲林照片的原意在於每個瞬間，都只有一次的捕捉機會，為了保存這份珍而重之的原意，她不會為照片留底，亦不會數碼化。」

這也是我當初希望請到她為我倆拍照的原因。

「但可惜，相約了她取回照片的前一天，她工作室所在的大廈失火。起火單位正是在她隔壁的倉庫，火勢波及了她的工作室，幸好她及時撤離，只受了輕傷，但工作室內所有照片都被燒毀了，我也失去了那些唯一可以跟他當成婚照的相片。」

我把這段文字寫了在遺書上。

因為我真的好想看到鏡頭下的我倆是怎樣的，我曾經想過再去問那位攝影師，會不會還保存著其中一些照片，但從新聞上知道她已經放棄了攝影。她的夢想與我的甜蜜都葬身於那場大火。

我知道自己想尋死，但不知道這封遺書會在何時寫完。

就如我明知道那本黑色筆記簿在承優的妻子手上，卻無法取過來，除非我再找她問多一次，但她應該仍然鄙視我的存在。

27

其實我也不知道那位男生有沒有透過其他途徑聯絡我，因為在這段日子裡，我學著承優一樣斷絕跟所有人聯絡，斷絕跟這個世界聯繫。

望著鏡內的我愈來愈憔悴及消瘦，我討厭看到自己，盡可能都不再外出。

除了去看海。

望著大海，我的心就會靜下來。

每在落霞時分，我都會見到一對老夫老妻坐在長椅上吹著海風，望著太陽緩緩落下，那是我一直所憧憬，想跟承優幸福到白頭的畫面。

我望著他們，想像眼前的兩個人就是承優跟我。

但在我打算再次自殺的前幾天，我去了看最後一次海，卻只見到伯伯孤獨的身影。

我不敢問他婆婆去了哪裡，可是當我走近了他的時候，他對我善意地笑了一笑。同為失去另一半的人，我們之間彷彿有種不言而喻的了解，我問他：「你不會傷心嗎？」

在他準備回答我之際，我這個會帶來不幸的人，又令天下起大雨，本來能夠望到日落的天空轉眼被烏雲密布。

我與伯伯都沒有帶傘子。

但他沒有離開的意欲，緩緩地開口說：「擁有不是我們追求的終點，因為總要面對失去。但只要我仍然能夠想像到幸福，便沒有人可以奪走那份幸福。就如我想像到她仍在身邊，想像現在還看到日落。我當然會傷感，但這只是自然的過程，會開始都會終結。」

當我沉思著他的答案時，他再笑說：「但雨傘則不能夠靠想像呢，妳去避一避雨吧，不然會冷病的。」

「我去附近的便利店幫你買雨衣好嗎？」我問。

伯伯不知道我連死都不怕了，又怎麼會怕生病呢？

「有心了，謝謝你呀小姐，不過我的外孫很快會來接我。」伯伯再說：「妳喜歡貓嗎？」

我很詫異伯伯為甚麼突然會這樣問，回答他：「喜歡呀。」

「那妳一定要來我外孫接手經營的書店了，店內有一隻很可愛的貓，或是妳傷心的時候，除了來看海，也可以去看貓呢，免費的！不收妳錢！」伯伯笑著說，他這刻的笑容所附帶的快樂是真實的，不是靠想像。

「嗯，知道。」我回應了伯伯後便離去。

回家的路上，我經過了書店，燈光正開著但暫時關了門，那位店主應該去了接伯伯吧。

我隔著玻璃望著躺在枱上的橘貓，牠亦望了我一眼，便繼續悠哉地吃著手。

我的心頭一暖，跟牠說：「以後別再亂走了，下次我不在了就救不到你。」

回到家裡，我想起伯伯叫我想像快樂。

當我打開遺書時，那個男生依然在線，他總是等著我，看我有沒有再寫甚麼。我除了知道他叫凱辰外，有關他的一切我都不了解，就連他長甚麼樣子都很模糊。

但正因為他在我腦海裡是一片空白的，我才可以把他想像為承優，靠著隔著螢幕的陪伴，才有勇氣回憶過去。

或許他就像橘貓一樣，在這個世界走失了，假如有人將他救起，他便會繼續生存。雖然沉鬱在傷痛裡的我，沒有資格勸別人活下去，但正如他在絕望的一刻，鼓起了最後的勇氣阻止我尋死，那麼我也可以用最後的一些心力，令他尋回失落的希望。

我望著承優曾經坐著的梳化，彷彿見到拿著黑色筆記簿的他正默默低頭作畫，當他抬起頭望著我時，他以溫暖的微笑跟我說：「妳不是說過要學畫畫嗎？妳還說過要畫得比我好，如果妳現在離開了，怎麼能兑現對我的承諾呢？還有，我不是叮囑過妳要好好生活嗎？」

我的眼眶紅了起來，對著他說：「你知道的……如果你仍在我身邊守候著我，你會知道每當我閉上眼時，腦海裡都會浮現了你的樣子。你會知道沒有你在旁的日與夜，我都睡不著覺。我真的不知道怎麼面對。明明前一陣子，我們還能如常聊天，怎麼你突然就離去了呢？你有問過我批不批准嗎？你一直都是我生存的動力，少了你的支撐，我不知道自己還能堅持多久……」

「請替我繼續活下去。」他只是輕輕的說了這句，便再次消失在我的眼前。

「小姐，歡迎妳，妳是怎樣找到這間畫室的？」畫室的女負責人問。

她給人一種成熟、有品味、事業有成的感覺，接過她的卡片後，我知道她叫姚皓澄。

「我在一間書店外見到妳的宣傳單張。」我答。

「喔？想不到真的有用。」她再補充：「因為這裡剛開張不久，我朋友幫我把單張放在書店的。」

我知道。

在好幾次經過書店的時候，我都見到那個男生的身影，有時是他自己一個，有時旁邊有一位大叔，而上一次遇到他，他正在張貼畫室的海報。所以，我推測這間畫室的負責人，就算不是他相熟的朋友，至少都跟他認識。

如果我把最後的禮物留在這裡，他應該會收到吧。

「妳之前有學過畫畫嗎？」她問。

「沒有。」我搖搖頭。

「沒關係的，妳想畫甚麼類型的畫？我都可以教妳。」負責人再問：「妳可以參考這一些。」

「我想畫一個天台景。」我答。

終於，我服完最後一粒抗抑鬱藥。

所有事情都即將要結束。

「我累了。也不想再服藥了。我只想跟過去道別，了結我糜爛的一生。」

「PS：陌生人，謝謝你一直的陪伴，我留了一份禮物給你。」

我在遺書上寫了這幾句。

確保他已經看完，我便把所有文字刪走，改掉帳號的密碼並登出。

沒有人會找到我，我安然地離開。

再見我曾經擁有的幸福。

再見這些年努力活過來的自己。

再見橘貓。

再見承優。

再見陪我走過最後一段路的你。

我家的門鈴響起。

門外站著一個我沒想過會再見面的身影。

「妳現在有空嘛?我要帶妳去一個地方。」

28

站在我家門前的，是承優的妻子。

以往我主動聯絡她時，她都無視我的存在，已讀不回，關於承優的事一點都不會告訴我。可是現在當我已放棄再找她時，她卻出現在我眼前……

「為甚麼……」我忍不住問，卻被她打斷了說話。

「妳甚麼都先不要問，快點換衣服再跟我去一個地方。」她板著臉說：「我趕時間，請妳快點。」

「妳要進來坐坐嗎……」我的語氣比平常柔弱，除了因為幾天沒吃東西，也因為她強硬的氣場。

她伸頭窺探我家凌亂的客廳，再一臉厭惡地說不。

「嗯，妳等一等我。」她大概心想，承優就是跟我這種糟糕的女人在一起嗎。

我隨意換了一套便服，再把長髮束成馬尾，便打開大門，她不發一言便轉身去按電梯，一直沉默不語，我跟著她上了一輛私家車。我不知道也不敢問她到底要帶我去哪裡，但直覺一定與承優有關，所以耐心等待車子抵達目的地。

窗外的風景愈來愈熟悉，當車子停下時，我更加難以理解。

她為甚麼帶我到我媽的骨灰龕堂？

上一次拜祭我媽的時候，已經是承優帶我來的那次。這刻當我望著我媽的照片時，卻看到旁邊的龕位寫著「崔承優」這名字，照片是我在他葬禮時見過的遺照。

「是他叫我不要告訴妳的。」承優的妻子終於開口。

她走在我的旁邊，跟我一起望著承優的照片，再深吸口氣，笑了一笑：「他真的很帥，對嗎？」

是不是她已經習慣了承優的離去，常常來探望他，於是能夠以輕鬆的心情面對這麼沉重的環境？

「妳知道了我與他的關係……？」我問，心想她會不會準備罵我。

「一點點吧。」她望著我說：「我連他的事都沒了解太多。」

「欸？」我莫名的回望：「雖然夫妻間不一定互相了解，但至少都比外人清楚吧。」

我有點生氣，一來是她對承優的輕率，二來是想起了她在承優患病期間沒好好照顧他，還因為他來不及生小孩而想離婚。

其實她也不算是一個稱職的妻子。

「我？」她語帶諷刺：「我也不過是個外人而已。要不是他死前吩咐我，我也不會再見妳。」

「他吩咐妳甚麼？」我著緊地問。

「首先，是我與他的事……」她慢慢再解釋：「說實，我真的喜歡過他，但他根本沒愛過我。」

承優的妻子由他們相遇時說起，當承優來到學校任教，成為正式老師之後，他們因為共同擔任班主任而熟絡起來。她身邊的好對象不多又急著結婚，於是跟承優表白，但承優一口拒絕了，說已經有喜歡的人。

「但翌日，他回來對我說可以跟我在一起，我問他，你不是對我沒感覺嗎？他答我，可以慢慢培養。我滿心歡喜，然後他才解釋真正的原因。」她想了想該怎麼重演他的說話。

她指，當時承優一臉認真地說著：「愛不愛沒關係，我只想身邊有個人陪著我過正常生活。」

「我也沒所謂。」她回答承優。

對她來說，承優不過是一個令外人看上去會覺得她很幸福的對象，她提出閃婚的要求時，承優說他也有同樣的想法，只為快點了結爸媽的心願。

「我有問他，那麼你喜歡的女生怎麼辦？」她再補充：「他答我，只要她過得好就夠，當我離開了，自然會有另一個人愛她。」

說到這裡，她冷笑了一下：「我還以為他口中的離開是指結束關係，誰料到是真的死掉了。」

「即使愛得不深，他在度蜜月受傷後，妳也應該在他身邊陪著他，照顧他吧？」

她答了一句：「我們沒去過度蜜月。」然後，兩個人都沉默起來。

她看了看手機上的時間，像快要離去，她從手袋裡拿出了一條鎖匙：「第二樣他吩咐我的是，把這條鎖匙交給妳，但先旨聲明，我不清楚是用來開甚麼的，別再問我。」

我接過鎖匙，她望到我手上的琥珀寶石戒指。

「原來他是送給妳。」她又冷笑了一下：「起初還以為是送給我。」

「為甚麼妳會選擇在這刻帶我來，告訴我關於你們的事？」我問。

「他說如果在他死後立即把所有事告訴妳，妳或許會承受不到，所以吩咐我在覺得妳有足夠勇氣面對時，才跟妳見面，把鎖匙給妳。」她解釋。

「妳覺得我這一刻有足夠勇氣？」我問，換個角度來說，的確是，我都準備要死了，甚麼都不怕吧。但她應該不是這樣想的。

「……？」反而她一臉愕然：「網絡上有這麼多人關心妳，難道都不足夠嗎？」

她見我沒反應，像個老師察覺到學生真的不懂，拿出了手機向我展示，我看到帳號名稱是koyau，中文名卻是跟我相差一個字的「高游」。

承優的妻子再說：「我堂妹在一間報館工作，當她叫我幫忙分享時，我還以為是妳開的帳號，但她跟我說這是公司一位上司所開的，他在網路上寫了遇上KoYau的經過，我仔細讀著內容時便知道女主角是妳，但我沒告訴她我認識妳。這個男生為妳付出那麼多，還不算有人關心妳嗎？」

「我一直都沒留意網絡。」我心想。

「我不管妳的事了，總之我完成了承優吩咐我的事了。」她轉身望著承優的照片，眼神帶著無奈與怨恨。

她走了，只剩下我一個。

我回想起承優那次帶我來到這裡，當時他望著我媽的照片碎碎念，是不是預早跟她交待自己將會住在她的旁邊？

兩個熟悉的臉孔，卻永遠不會在我身邊。

天下起雨來，我握著手上的鎖匙，清楚知道承優留給我的秘密，要到哪裡開啟。那是我們之間的最後默契。

似乎，我仍有一段小路要走，才到我人生的盡頭。

29

我帶著承優給我的鎖匙，以探訪老師為理由，再次踏進中學的校園。

我走進當年的班房，望著我曾經使用過的儲物櫃，把鎖匙插進鎖頭的前一刻，我在心裡祈求：「一定要猜對。」

我扭了鎖匙一下，聽到「咔嚓」一聲，成功開啟了鎖頭。

我立即打開櫃門，伸手探進，將他留給我的東西取了出來。

終於，我實實在在地拿著那本黑色筆記簿。

我本來想立即坐在班房裡讀著，可是當我翻開第一頁前，我回想起承優在天台捧著筆記簿畫畫的畫面，於是我走到了天台，選擇在這個充滿回憶的重要地方，閱讀承優留給我的說話。

我坐在當年他坐過的角落，開始翻閱起來。

當年在簿上見過的那個短髮女生，如今近距離看到她的樣子，跟我有九成九相似，要不是承優在畫像旁邊寫上一個比我們相遇時還要早的日期，以及我以前不曾剪過短髮，我真的會以為他在畫我。

然而，除了日期以外，旁邊的文字寫著短髮女生的身分——「我的妹妹」。

她的名字是崔靖凡。

承優親筆寫了一篇新聞報道，內容是一位女學生因為承受不住學業壓力而在學校的天台一躍而下，送院後證實身亡。報道上出現的名字便是崔靖凡，而她就讀的學校，正是我就讀了這麼多年，現正身處的這所中學。

難道這就是承優當年來這裡代課的原因嗎？

我繼續讀著後頁的那些文字，字裡行間全是他對妹妹的思念與愧疚，覺得自己疏忽了妹妹的感受，是個不稱職的哥哥。然後是他這些年來怎樣以工作麻醉自己以及帶著遺憾生活……直至一位女生的出現。

承優寫上當代課老師時遇上我的經過，卻沒有交待太多個人感受。

接下來的就只有備課的筆記，在好幾頁空白頁之後，便是我的畫像。

他在我家時為我所畫的那幅畫。

他寫著——「**致高悠：**」

我的腦海裡頓時浮現了一個承優站在我面前，蹲下來以溫柔的聲線跟我說話的畫面。

「首先，我要跟妳說對不起，突然離開了妳，要妳承受心碎的痛苦。即使我想留在妳身邊，但命運也不由得我選擇，如果可以，我多想陪著妳直到生命的盡頭。辛苦妳了。

起初，我帶著對妹妹的思念答應回來這間學校當代課老師，但想不到眼前居然會出現一個跟她一模一樣的女生。由那刻起，我便告訴自己要好好照顧妳。

所以，一開始我只是默默守護著妳，只要妳過得安好，我便不會打擾妳。

當年妳所見到的我，剛從癌症康復過來，我的一生，無論是自己或是身邊的人，都總離不開死亡。我以對生命不再抱持盼望的態度活著，可是遇上了妳，讓我在絕望與痛苦中有了寄托。為了讓妳好好活下去，我也要努力生存。

起初我只是把妳當成了我的妹妹，但經過多年來的相處，我發現妳跟我的妹妹只有外表相似，妳在我心裡是獨一無二的存在，但與此同時妳又是我的學生，我無法不壓抑對妳的感覺，即使妳說喜歡了我，我也甘心只做一位身邊人。

為了讓自己、讓家人、讓妳正常地生活，我選擇回來做一位正式老師，認識女朋友再跟她結婚。這時候的我們，雖然無法以情人的身分相處，卻能以最舒適的距離待在對方身邊，而妳亦生活得愈來愈好。

只是命運再一次告訴我，死亡依然纏繞著我，我的癌症再次復發，而且比上一次嚴重。第二句對不起，是我迫於無奈跟妳撒了謊，說我在度蜜月時弄傷了腰椎。我在那段期間嘗試接受化療，只因我不想讓妳看到那個生病的我，所以希望自己再次康復後，能夠在某一天再見到妳。

可是，我的情況並沒有如期好轉，即使我再接受醫治，最多也只能多活數個月，除非有奇蹟出現。但那一刻的我並不盼望奇蹟，只是想再見到妳。

我跟醫生說要中止化療，然後待我能夠以不被妳察覺的樣子出現時，用生命的最後時光，毫無保留地愛著妳。

第三個對不起是，我以為自己可以支撐到一個月，有足夠的精神體力陪妳去夢寐以求的巴黎，但現實裡，我能裝作安然無恙的期限就只有七天，之後便要繼續躲起來迎接死亡的摧殘。

雖然只有七天，但那是我人生中最幸福的日子，妳的出現彌補了我的遺憾，我以為是自己拯救了妳，但其實是妳拯救了我。

最後一句對不起，是我真的要離開了，但我不是離開妳，而是離開這個世界。無論我身在哪裡，都沒有忘記妳，更是帶著與妳的回憶歡送我的人生。

妳的世界仍然很大，仍會遇上很多人，只是少了我陪著妳，但無論妳有多痛苦，也要答應我一件事。我在離開之前，心裡只有這個願望——

『請妳好好活下去。』

往後當妳再遇上絕望的時刻，請想像我就在妳的耳邊說著這一句。

好了，真的要說再見了，對我最重要的妳，高悠。」

30

當我讀完承優留給我的說話後，便一直在天台上哭，直至校工上來說學校要關門，我才離開這個地方。

本來我對承優背後的事充滿好奇、疑問以及質疑，但原來他一直隱瞞著我的不是甚麼秘密，而是一份維持到最後一口氣的守護。

不，現在的他還在守護著我。他對我的了解，就連我有尋死的念頭都預期到，我很想答應承優好好活下去，但我也跟他一樣，是個被不幸和死亡圍繞的人，我不知道自己要怎麼做，才能夠重拾生存的意志。

我小心翼翼地保管好承優的筆記簿，帶著他的心願回到家裡。

我反覆地把他的說話重讀，感受他的痛與暖，到底他在承受著多大的痛苦下仍然把我放在首位？如果我無法帶著他給予的意志活下去，是不是也令到他的堅持失去了意義？

想得入神，我把枱上的杯子翻倒了，水緩緩地流向筆記簿，眼見筆記簿的一角被水沾濕前，我急忙把它拿起來，檢查好沒被沾濕後，便擺到了另一處，而水則繼續在枱面上流動，我把其他物品逐一取起，包括我的手機。

我回想起承優妻子的說話，網絡上有個叫高游的帳號正關心著我的事情。

我知道他是誰。除了承優外，就只有那位男生了解過我的事。

我把手機重新充電，待它再次亮起螢幕時便輸入密碼，一連串的提示隨之彈出來。

大多數都是閒話家常的群組通知，而我和承優的對話則停留在最後一句「晚安」。

我打開了社交平台，在搜尋欄裡輸入了「高游」這個名字，帳號隨即出現。

我知道了他跟其他人輪流到舊唐樓的天台上守候，阻止我再尋死；

我看到了他專程為我尋找了April Love，寫下了他們的訪問，令這隊獨立樂隊再次在海傍復出表演，鼓勵我活下去。我聽到我曾點唱過的歌；

那位為我拍攝婚照的女攝影師原本在大火後放棄了攝影，但他卻讓她重拾相機，而我和承優仍有一張失焦的合照在他手上；

他亦收到了我送給他的畫；

橘貓成為了著名的貓店長，書店亦準備擴張；

圍繞在他身邊的一切都因為他而愈來愈好，而他自己……

【真人真事】我被自殺的女生拯救了……

在這段從承優的死堅強起來的日子，我除了讀著他的筆記簿，還從書店中買了高游這本著作。

他阻止了我尋死，讓我了解到承優的過去與遺願，給了我再次活下去的機會，而他卻因為追尋我的身影，讓自己平平無奇的人生，遇上了不同的人，一步一步實現了自己的夢想。

無論是他還是我，都找到了自己的生存理由。

一天一天過去，雖然我的尋死念頭漸漸消退，但每到深夜，我都會一個人抱膝躲在幽暗裡，而抑鬱是個封閉的循環，如果我再不走出來，恐怕連承優的鼓勵都會失效，困在這間屋裡，我只會沉溺過去。

我不能讓他失望。

我望出窗外，以往只看到痛苦與絕望，但當我想起老伯叫我想像快樂，在眼前就出現了巴黎鐵塔。

如果我真的出走法國，望到真正的鐵塔，我的呼吸會否不再沉重？

「高游發佈了一則新帖子」

我的手機傳來高游更新帖文的通知，按進他的帳號裡，見到他發佈了一張前往巴黎的機票，配上了一段文字。

「各位好，我決定在三天後出發到巴黎了。我並不是放棄追尋她，而是深信她仍活在世界的某一個角落，只要我繼續尋找，始終會遇見。當我想像自己能夠在某天遇上她，我就有了生命的盼望，她成為了我的寄託。而我努力地生存，是為了讓她好好活下去。我會帶著大家的祝福乘上半空，相信奇遇會在我的四周。」

他的一字一句就如翻開著黑色筆記簿，在新的空白頁為我寫上承優的話。

我在心裡跟承優說：「你常常說我的世界仍然很大，我也是時候出走吧？謝謝你在最後的時光，延續了我的未來。當我在鐵塔下跟你揮手，你記得要看著我，再次讓我感受到你溫暖的微笑。」

我也買了一張單程機票。

✉

幾天後，拉著行李箱的我，在踏出家門前望著鏡子，整理一下那把又被我剪短了的頭髮，回望枱上的筆記簿，確保它被我妥善地安放家裡。然後再把今次旅程最重要的那樣東西放進袋子裡，便出發前往機場。

當我準時抵達櫃檯辦理登機手續後，我在不遠處看到了他和那些熟悉的臉孔，令我安心踏上這趟旅程。

他在登機前仍然緊張，四處張望，留意著手機有沒有甚麼新消息。

在步進機艙後，他放好了行李，望著窗外的藍天白雲，我也擺放好自己的東西，從袋子裡拿出他的書，一步一步走近了他，拍拍他的肩。

他望了我一眼，我便笑著問他：「冒昧打擾了，我上次錯過了你的簽書會，請問可以為我簽書嗎？」

我把書遞了給他，他從褲袋取出了一支筆，低頭微笑，盡力忍住淚水，手震著問我：「妳好，怎樣稱呼妳？」

「高悠。」我回答。

這刻低著頭為我簽書的他，在我眼內再不是承優的身影，不是他的代替品，而是另一個重視我，想我好好活著的人。

他把書遞回給我，笑著叫我還是稱呼他真正的名字。

「王凱辰。」

（全文完）

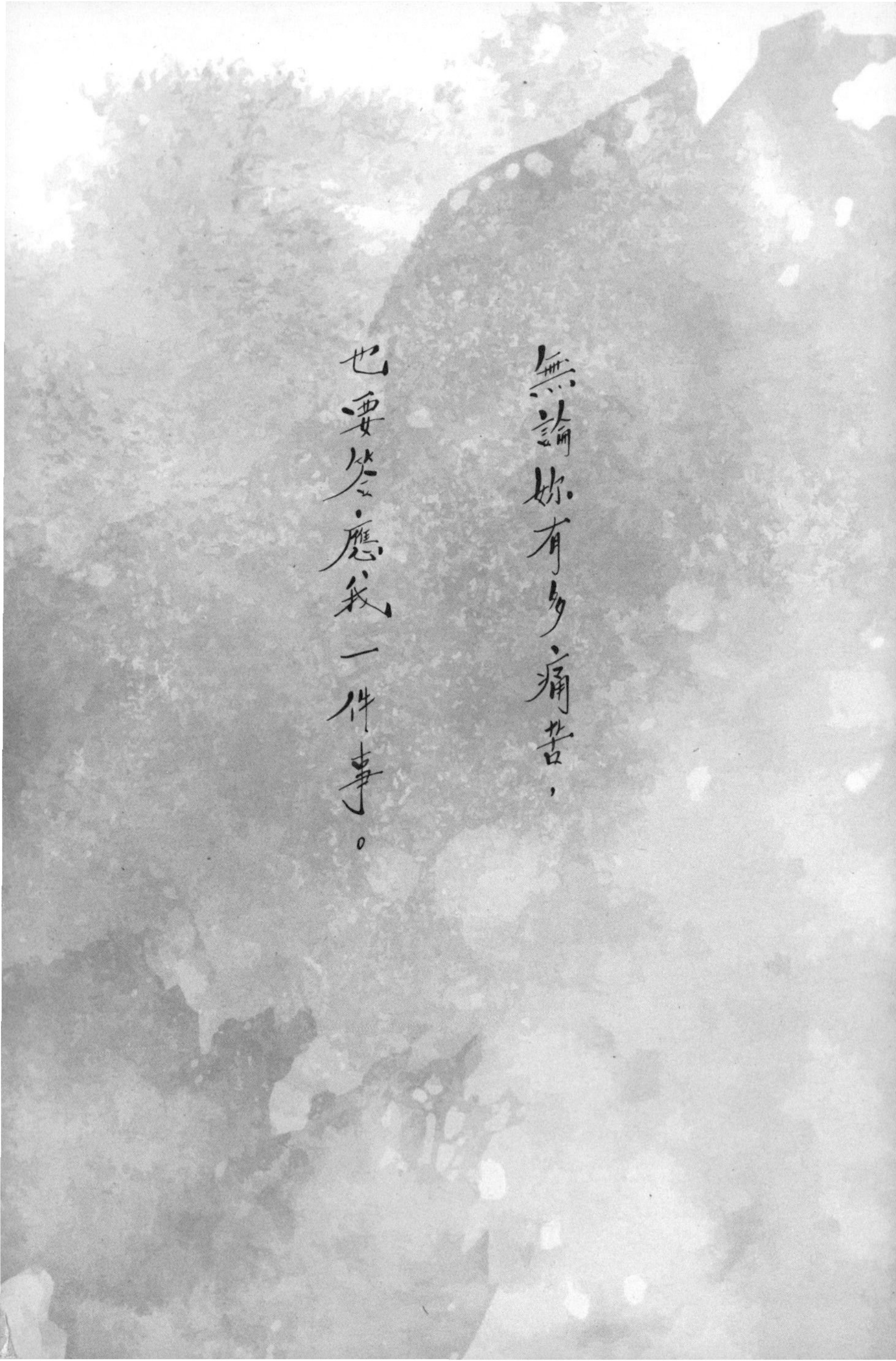
無論妳有多痛苦，
也要答應我一件事。

「請妳好好活下去。」

告白在遇見你之後

作者 ： 莎比亞
責任編輯 ： Chorsei
美術總監 ： 阿團
封面插畫 ： Nico Cheung
手寫字 ： Clara Fu @pencilzation
出版人 ： 李焯泓

---

facebook ： https://www.facebook.com/Shakepearelove
Instagram ： sapeiar
電子郵箱 ： shakepearewriting@gmail.com

版次 ： 二〇二三年七月初版
I S B N ： 978-988-76457-6-4
承印 ： 新世紀印刷實業有限公司

Published and Printed in Hong Kong